2018-08 Jb 詩散策詩選

풀

꽃

원재 김지호 지음

도서
출판 Jb 제이비

"영혼의 숨결을 되살리는 시인"

圓齋 金知昊

| 저자 소개

원재 김지호

· 1956년 출생(부산) · 현) 한국시산책문인협회 시분과 특별자문위원
· 한국시산책문인협회 | 신인문학상 수상(2017) · 한국시산책문인협회
| 『산책로에서 만난 시』(공저 2017) · 한국시산책문인협회 | 『사랑한다
너여서』(공저 2017) · "다시 찾은 내 영혼의 송가"_ 2018年 3月 이달의
시 선정 · "사바나의 사랑타령"_ 2018年 4月 이달의 시 선정 · 『문학산
책』vol.1, no.1(Winter/Spring 2018) 통권3집(ISSN 2586-7547) 특별초대
작가(2018)

작가의 말

동트는 새벽하늘 붉게만 타오르는 구름 한 조각
이슬마저 말라 버린 풀섶에서는
밤벌레도 지쳐서 잠 못 이루는데
빨갛게 뜬 눈으로 밤새 뒤척이며 무더운 열대야를 보내는
우리네 풀꽃같은 인생들이 부스스 깨어나는 새벽녘이면
차마 거역할 수 없는 또 하루의 시작에
새로운 희망을 잉태하는 허수룩한 기대는
사막에서의 신기루를 보는 듯한 환상에 빠진다.
산다는 게 제 그림자 밟기 놀이는 아닌데도
다른 사람의 삶을 돌아볼 엄두도 낼 수 없는 모습인데
누가 누구에게 돌을 던질 수 있을까!

그래도 축복받은 우리들의 오늘이기에
일용할 삶의 현장에서
새 희망을 노래하는 이름 모를 풀꽃들에게
위로와 감사를 드리면서 이 책을 바칩니다.

풀꽃

스윙왈츠

김지호 시 / 하제운 곡
2018.3.25.

벌 나 비 찾 아 드 는 　 꽃 향 기 미 약 하 여 도

이 름 없 는 풀 꽃 으 로 　 산 다 하 여 도

괜 시 리 우 쫄 대 는 봄 이 　 계 면 쩍 은 소 박 데 기

봄 꽃 이 어 도 　 이 슬 맺 힌 이 아 침 의 소 망 을

해 지 무 는 석 양 을 바 라 보 며 꽃 을 피 우 는 　 가 슴 벅 찬 하 루 를

보 내 고 싶 다 　 덤 블 에 가 린 얼 굴 　 찾 아

보 는 이 없 는 곳 에 　 이 름 모 를 풀 꽃 으 로 　 산

다 하 여 도 　 이 봄 을 노 래 할 수 만 있 다 면

서 럽 지 도 부 끄 럽 지 도 않 은 작 은 풀 ― 꽃 으 로 　 남 고 싶 다

••• 봄 •••

17-63

··· 여름 ···
67-102

••• 가을 •••
103-139

• • • 겨울 • • •
141-171

••• 시조 • 민조시 •••
173-233

봄

풀꽃

벌 나비 찾아드는
꽃향기 미약 하여서
이름 없는 풀꽃으로
산다 하여도
괜스레 우쭐대는 봄이
계면쩍은 소박데기 봄꽃 이어도

동터오는 아침의 소망을
해 저무는 석양을 바라보며
이슬 맺힌 꽃을 피우는
가슴 벅찬 하루를 보내고 싶다

덤불에 가린 얼굴
찾아보는 이 없는 곳에
이름 모를 풀꽃으로
산다 하여도
이봄을 노래 할 수만 있다면
서럽지도 부끄럽지도 않는
작은 풀꽃으로 남고 싶다

시간여행

봄 시샘에 피려다 만 꽃봉오리
밀려난 자리매김에
서러운 추억이 도배된
길을 따라 시간여행을 한다

싱그러운 아이들 웃음꽃 쏟아지는
교정을 둘러서 이제는 향토문화제가
되어버린 동래읍성의 산길을 걷는다

사람을 만나기 두려운 날에도
저리도 새하얀 목련꽃 피어나는
밤 오면 추억 속의 그대가 떠오른다

이미 세월의 자취 속에 종적을 감춘
그대가 유독 생각나는 이유는
잊지 못할 그리움 때문일 거야

그대 그리움에 미쳐가는 봄밤이면
오롯이 그대와의 추억을 가득 실은
회상의 돛단배를 띄운다

목련이 필 때까지 그리움에 젖은
내 마음 하얀 목련꽃 떨어지기 전에
못다 한 시간여행을 떠난다

꽃샘에 피는 눈꽃

춘삼월
눈꽃 피는
꽃 시샘 놀란 가슴

홍매화
꽃망울에
맺혀진 눈물이여

설 까치
함께 우는 맘
위로조차 안 되네

진달래꽃 피는 날

어디서 그토록 서러운 이별 하였기에
이 산에서 핏빛을 토하며
꽃으로 피는가!

얼마나 말 못 할 사연이었기에
아름아름 흩뿌려 자지러지게 피는가!

온 산에 퍼진 사연
산길을 걷는 이 걸음은 궁금하고나

오늘 이 순간

푸르른 날에 봄 오거든
오늘 하루를 살기 위해
노란 꽃을 피우는
원추리 꽃망울 돋거든
지금 그 자리가 가온누리임을 알라

생명의 신비가 넘치는
축제의 마당이 바로 여기인데
봄을 팔아서
먼 곳에 기웃거리지 말라

돌아다보면
숨 쉬는 모든 것이
생명의 봄 잔치가 한창 이거늘
꽃 피고 새 우는 봄나들이
마음의 텃밭을 가꾸라

봄이 아픈 사랑아

그 시절 내겐 너무도 아름다웠던 너
벗겨지지 않는 콩깍지가 쓰인 나
동성동본 천형의 굴레
명함도 제대로 못 내밀어 보고
이별 아닌 이별로 끝나버린 사랑의 여로旅路
언제나 고운 미소
너를 그리워함은 내 삶의 피안彼岸이었다
성이 무엇이며 본이 무엇이기에
뜨겁게 안아 보지도 못하고
쓸쓸히 헤어져 간 터미널의 이별
하얀 손만 흔들고 떠나간 너
봄의 기운이 점점 기울어질수록 생각이 난다
기억의 저편에 갈무리해 둔
호시절 푸르른 날에
봄꽃 같은 사랑아!
여름에 만난 사람이여!
세월의 강 흘러 이듬해 벚꽃이
다 지기도 전에 서로가
이별의 아쉬운 순간을 가져야 했다
행복을 빌어 주마
나의 아름다운 사람아!

원동역에서

역사驛舍앞 신작로에서
바람에 구르고 나르는 마른 잎이
어찌 내 눈에는 벌 나비 같을까
원동역 골짜기에
청매 홍매 흐드러지게 핀 봄을 두고
기차는 서울로 간다
잊고 사는 봄소식 전하려고
강가의 갈대숲은 마른 손 흔들고
굉음에 묻혀버린 물총새 울음은
바람에 너울진 물결에 반짝이는데
나그네 심사는 밀려오는 봄 멀미로
울렁증이 더욱 야속하다
입산금지 깃발은 펄럭이고
물오른 버들가지 새움을 틔우는데
겨울이 다 가도록 떠나지 못한
홍학 한 마리는 무슨 미련이 남아서일까
하기사, 봄의 길목에서
서성대는 나도 물막이 펜스에 걸린
잡동사니 그리움 찾아서
갈맷길 따라 걷는다

봄소식

겨우내 얼어붙은
이끼 낀 돌 틈 사이로
살얼음 졸졸 녹아내리면
산수유 노란 꽃 물고
남도의 강 숲에서
봄 몰고 오는 날
새로운 그리움의 가지
두 팔 크게 벌려서 온몸으로
그대의 향기를 맡겠네

봄과의 밀회

그대가 떠나간
빈자리 같아서
더 이상 머물지 못하고
그만 떠나려 한다

그대 보내고 그리워하는 마음
아쉬움에 그대의 향기가
실바람에 나불대는
작은 풀꽃을 찾아 나선다

그대 봄과의 밀회로
화들짝 놀란 가슴은
풀숲에 숨어드는 바람에
잔 꽃송이로 피어나고 있다

봄을 가꾸는 마음

기어코 봄을 보리라는
오직 하나의 소망으로
황무荒蕪한 마음의 밭에 곡괭이 들어
송골송골한 땀 냄새 물씬 풍기는
텃밭을 일구어 본다

오기도 전에 못내 이별이 아쉬운
봄처녀 그리워만 하다가
이 봄이 가기 전에 활짝 핀 꽃으로
보리라는 희망을 심어서
나의 봄을 가꾸어 본다

벌 나비 아지랑이 함께 춤추는
나의 텃밭으로 그대를 초대합니다
사랑의 유희로 가득한 낮이 지나면
달빛 어린 창가에 봄 걸어두고
보고파 아쉬운 마음 달래어 본다

봄을 타는 병

새삼스럽게
홀로 된다는 두려움에 앞서서
그리움도 깊어지면
병이 된다는 사실을 왜 몰랐을까
뜨거운 열정에 타는 가슴만
청춘의 병인 줄 알았는데
노란 은행잎 바람에 날리어
쌓이고 쌓인 푸석푸석한 낙엽 같은
그리움이 앙가슴 아픈 병이 될 줄
진작 알았더라면 태워버리고 말았을 텐데!

사랑하는 사람아
미수에 그친 도피의 날이 생각나면
사무친 바람 울어예는
봄바다 파도치는 마음에
그리움과 외로움이 범벅되어 애간장만 태우는
이내 심사를 짐작이나 하시나요
보고 싶어도 보고 싶어 하는
마음만 가득할 뿐 소식도 알 수 없는
안타까움에 정월 대보름날이 오면
소망의 달집을 태우며
불길에 어리는 환한 너의 모습을 그릴텐데!

봄 소풍

봄 소풍 길에서
목마른 나에게 흘러넘치는
생수를 주시니 그 맑은 샘물
조롱박 가득 채워 마시게 하니
거저 주시는 사랑의 마음
순간의 청량함에 하늘 바라보며
감사하는 생의 뒤안길
가는 길 다시 가오며
목마르다 하오나
하오나 샘터가 없다고 투덜거리며
양 떼를 떠나간 길 잃은 양 한 마리
내 마음 나도 몰라
어둠의 거리를 걷는다
임이시여
불쌍히 여기소서
봄에 취한 소풍 길에서!

올리브 한 잎

길가메시 서사의 대홍수 시대에
억수 같은 비 그친 뒤
망망대해 외로이 떠돌던
노아의 방주에서 풀려나간 비둘기
쉴 곳 없어 맥없이 돌아오더니
두 이레가 지난 뒤에는
싱싱한 올리브 이파리를
부리에 물고 왔다고 홍수가 끝난 것 아니다

저지른 수많은 만행을 역사와 민족 앞에
통렬한 반성의 시간을 갖고 서로가 납득할 만한
화해를 위한 진실한 마음이 선행되어야
서로가 양보하며
우리는 하나라는 새로운 열망으로
평화와 통일을 바라볼 수 있게 되리려니
개구리 한 마리 운다고 봄이 다 온 것은 아니다

봄비 오는 날

추적추적 봄비 오는 날
빈 의자 길게 늘어선 호숫가
연잎에 맺힌 서러운 사연들이
알알이 낙수落水되어
주절주절 뒤설레이는 곳

이 밤 지새우며
말갛게 꽃 피우기 위한
오롯한 마음으로 몸부림치는
밤 잊은 그대 마음의 창가로
여린 손 내민다

아, 임이시여!
동살에 해맑은 얼굴
꽃 본 듯이 보아 주소서!

봄을 가진 자

사철에 봄바람만 분다면
사는 게 무슨 문제가 있을까 보냐
사는 풍진 세상 서로서로
기대지 않고는 살 수 없는 곳
바람 잘 날 없는 조그만 포구에 부는
새벽 댓바람이다

봄소식 온다기에
목을 길게 빼 들고 쳐다보다가
벌써 저만치 지나가는
뒷모습 바라보다 허겁지겁
봄 뒤따라가는 내 마음은
벌써부터 의기도 양양하다

뫼둘레 지천으로 활짝 핀
노란 개나리 밭을 거쳐
살랑살랑 바람 부는 언덕길
오르면 내 품에 안겨드는 봄
비록 가진 것 없어도 봄 가진
이 기쁨 무엇으로 견주랴!

이 마음에 봄 오니
매사가 즐거운 호시절 되고
오가는 청춘 부럽지 않은 흥겨운 세상
날개옷 벗어 던진 천사가 되어
아웅다웅 어울림 세상에
봄소식 전하는 전령이 되고파!

산까치 웃는 봄

까르르 꺅 꺅
온산에 퍼지는 산까치 웃음소리
내딛는 걸음 한 걸음마다
선잠깨는 봄꽃의 향연

지금 아니 보고 그리워하면
가버린 그 마음 돌아오려나!
모르지 잘생긴 산山제비
희롱하는 날이면
못 이기는 척 돌아설런지!

새치름한 얼굴
함초롬히 내미는 3월의 산야
숨어서 푸른 풀잎 사이에
앙증스러운 모습으로
저만치 떨어져
꽃으로 피고 있네

키 작은 봄꽃

산길을 걷다
멈추어 섰다
키 작은 봄꽃
길을 막고 떡하니 서 있다
햐, 살그머니 피해서 간다
한참을 지나서 뒤돌아본다
봄은 키 작은 꽃으로도
지천으로 널려서 온다

봄의 연가宴歌

그대를 그리워하며
봄비에 젖어 걷는
내 마음을 아시나요

헤어지기가 아쉬워서
두 손 꼭 잡고 가는 길 따라 오가던
그때 그 모습 기억하시나요

타오르는 정념의 불길을
사랑으로 어루만지고
빈 손짓의 그림자가 더욱 서러운 날

유채꽃이 피기도 전에
떠나가 버린 그대를 생각하며
휘파람을 붑니다

예나 지금이나 그대와 난
마른 손 붙들고 이별의 말도 없이
왔던 길로 되돌아갑니다

봄이 왔구나

얼쑤
봄 왔구나!
봄이 왔구나!
그리움 찾아서 왔구나!

겨우내 얼어붙은 연못은
봄비 소식에 가슴을 활짝 열고
금붕어 비단잉어 마중을 나온다

봄아 기다렸다
너 오기를 기다렸는데
살랑 부는 바람에
꽃단장하고 네가 먼저 올 줄
차마 모른다

보고 싶은 내 마음이
너에게는 들리나 봐
내 마음 알아주는 봄
빗속을 걸으며
너의 속삭임을 듣는다

솔밭에서

서늘함이 남다른 솔밭에서
지나간 세월의 이야기 듣고저 하나

입을 다문 소나무
사철의 푸르름으로 말하려 하네

바람에 날리어 떨어지는 솔방울
할 말은 많지만 말을 아끼려 하네

부엽토 되어가는 솔잎은 이리저리
쌓여 가지만 솔밭에 부는 바람만은
천년의 향기로세

소도蘇塗로 간다

호랑나비 너울너울 길라잡는
아지랑이 길을 따라서
소도로 간다

당산나무에 매달린 큰북을 두드리며
방울방울을 흔들어 하늘 신을 깨우러
소도로 간다

땟벌떼 무리지어 흰자위 굴리는
이 세상을 벗어나 엎어지고 깨어져도
소도로 간다

뉘우침이 없는 도시의 광풍을 피해
가진 것 없어도 살 수 있는 곳
소도로 간다

따르던 그사람들 모두다 어디로가고
지금은 홀로 쓸쓸히 숨어드는
소도로 간다

보고 또 보아도 보지 못하고
듣고 또 들어도 알아 듣지 못하는
무리를 피해
소도로 간다

고침과 나음을 입을 때 환호하는
목소리가 주린 배 움켜지면 달라지는
사람들 피해
소도로 간다

친구도 없고 우정도 없는
제 살길만 챙기는
배신의 땅을 피해
소도로 간다

당산나무 가지아래 버려놓은
제관 없는 제사에 두 팔 벌리고
피 흘린 제물이 되려고 소도로 간다

빈집

침묵하는 영혼의 반려가 된
봄 오는 텅 빈 들판이 내려다보이는
산비탈 허물어져 가는 빈집
까막까치 소리조차 서러운
아무도 살지 않는 외딴 움막집에
저마다 또아리 트는 대처 행각에
부풀어 오르는 회리바람의 기억은
가두어 둘 수 없는 영혼의 일탈로
꽃가루 천식처럼 쿨럭 거린다

누군들 고향을 잊을까 마는
화전에 씨감자 심는 날
돌아오지 않을 작정으로 떠나간 길
생채기 난 땅떼기 하나 없는 곳
돌아올 일 만무한데
가난에 눙쳐진 설운 마음은
그래도 꽃을 보자고 심어둔 영산홍이
무리지어 만발 한다

지금은 오소리 들락거리는
산짐승들의 놀이터 되었지만
담장 없는 내영혼의 반려인
농투성이 아버지 흙투성이 어머니와
재투성이 예쁜 누이의 봄맞이 무덤가에는
진달래꽃 개나리꽃 소담스레 피어난다

피에타PIETA

동백꽃이 비바람에 하염없이 떨어지는 날에
사랑하는 내 아들 축 처진 주검을
가슴에 끌어안고 피눈물을 쏟습니다

이것이 정녕 임의 뜻이 오니까
어미 품을 떠나서 홀로서기 십여 년
임께 맡긴 청춘의 날에는 소식조차 없었는데

아직도 귀 시린 봄날
석양에 방울지는 눈물로 살려달라고
그대 앞에 엎드려 빌어야 합니까
돌아올 기약도 없이 떠난 이아들
머리도 안 깎은 나지르인 인데

밤새워 울던 동산의 피눈물 나는 호곡소리가
아직도 들리는 듯한데
이렇게 우리를 갈라 놓으시렵니까

임께서 뜻하신 바
그대로 이루어지기를 소망 하였지만
제가 낳은 제 아들 입니다
임이시여 부디 굽어보소서!
당신이 사랑하는 아들 입니다
당신의 뜻대로 하옵소서!

물위를 걷는 밤

폭풍우 치는 밤
수영도 서툰데
점점 깊은 물 캄캄한 호수
한가운데로 배를 이끄신다

달마저 없는 밤
수영을 잘해서 살아난 것이 아니라고
고백할 수 있도록
두려움을 넘어서 공포를 느끼게 한다

따라 나서는 게 아닌데 하는
인간적인 후회가 가슴을 친다
일상은 언제나 등의 연속일 뿐
누구를 탓할 수도 없다

물위를 걸을 수 있다는
꼬드김 같은 말씀에
검은 밤 호수 한가운데에서
꽹가리 장단 아우성이다

출렁이는 파고는
날선 작두위에 올라탄 기분이다
놀란 가슴 임 계신 곳 찾는데
어둠속에서 들려오는 한 말씀

'나—이니라!'

아, 임이시여
호수 가운데서
어서 오라고 손짓을 한다
두 팔 벌려 물위를 걸라 하신다

한걸음 한걸음씩 걷는다
물 위를 걷는 순간
휑한 바람의 소리가 두려워서
임의 손을 꼭 붙든다

가다가 문득

봄마중 가다가 문득
지천에 널린 꽃 세상을 만나
행복한 마음에 젖어 들거든
모든 것에 감사하십시요

먼 길을 가다가 문득
두고 온 그대가 보고 싶다면
막무가내로 웃으면서 말을 전하세요
미치도록 보고 싶다고

임 그리움에 문득
목이 마르면 막걸리 한통에 화전으로
허기진 빈속의 갈증을 채우십시요

묵언수행 하다가 문득
치밀어 오르는 불덩어리
감당할 수 없다면
시와의 산책으로 달래어 주십시요

하늘이시여

누구든지 들을 귀 있는 자는 들어라 (마르꼬4.23)
들을지어다
들을지어다
하늘 소리 들을지어다

천둥이 아니어도
벽력이 아니어도
하늘이 하시는 말씀

임 그리워
홀로 우는 긴 밤이면
홀로 된 내게만 말씀 하시니

알아듣지 못하는
우매한 군중속의 고독이
너무도 안타까워서

장미꽃이 피는 오월이 오기 전에
씨 뿌리는 비유의 말씀으로
나직이 말씀 하시니

들을지어다
들을지어다
홀로 되어 나에게 하시는 말씀으로

아름다운 만남(부제: 부활)

가진 것 모두 아낌없이 내어주는
나무 십자가 아래
주렁주렁 걸어둔 선물 보따리
펼쳐보면 그대의 환한 미소
꾸밈없는 다정한 말 한마디 복된 소리에
뒤설레는 치유의 기적
용서와 회개의 눈물 범벅이 된 난장
배반의 서러운 울음 꽁꽁 묶어둔
어둔 밤이 지나고
홰치는 새벽 닭 울음소리

동트기 전
간밤에 우리 님 어찌 되셨는지
슬픔이 눈앞을 가로막아도
애간장 녹아내린 밤이 지나면
찬이슬 내리는 바람의 언덕
돌무덤 속에서 아마포 곱게 개켜진
임을 찾는다

우리 님 어디로 갔을까
두려움 마음은 혼비백산이다
임이여, 벗이여
아름다운 이별의 말도
잘 가시라는 포옹도 못했는데

어디선가 들려오는 평안을 비는 한 말씀
'평화가 너희와 함께!'
꿈인지 생시인지 미덥지 못한
어리석은 믿음으로 엉거주춤
임을 맞이한다
아낌없이 주는 나무 십자가
마지막 남은 선물 보따리 풀어서
영원한 생명의 부활을 약속 하신다

거기 너 있느냐

예리고 가는 길목에서
아름다운 얼굴로
그가 지나간다기에
키 작은 나는 그의 모습 보려고
무화과 나무위로 올라갔네

사람들 틈사이로 돌아보시는 그 얼굴
나무위에 앉아있는 부끄러운 얼굴
겨우 앞가림한 내 이름을 부르시네
'거기 너 있느냐'고
화들짝 놀란 가슴 어쩔 줄을 모르네

그 분의 목소리가
'내가 오늘 너와 함께 너의 집에서 머무르겠노라' 하시네
나는 기쁨에 겨워 말하였네
'내 사랑 내 곁에 영원히 계셔달라고!'

회개의 눈물범벅 저녁상 자리에서
더러운 내발을 씻기워 주시네
마른나무 가지에 새움이 돋는
구원의 열정에 불타는 다락방이었네

산길을 스케치 하다

호젓한 산길 야트막한 언덕에
자그마한 사랑초 무리지어 피었고
고개 처든 산유화 바람에 흔들릴 제
호랑나비 흰나비 춤추는 모습은
한 폭의 그림이다

세월을 잊은 노년의 삶들이
헐떡이며 벤치에 둘러앉아
지나간 시절의 굴렁쇠를 되돌려 본들
희끗한 회한으로 남은 무상한
세월이 구름에 둥실 떠간다

하루해 길다고 투정도 부리지만
어버이 살아 계실 제 응석도 못 부렸는데
가고는 또 아니 오는 부고가 싫어서
산사랑에 눈멀고 귀먼 날들인데
어깻죽지 쑤시는 흐린 날의 설움이다

때죽나무 꽃길

산비탈 진 곳
외로이 핀 사랑초를 보면서
갑자기 홀로되는 쓸쓸함이
두려움으로 몰려온다

시드는 꽃이 아니라
피어나는 꽃 임에도
이제는 왠지 그늘 없는 햇빛 속에서
사랑향기를 피운다 하여도 서럽다

밉거나 곱거나
한데 어울린 때죽나무에 핀
하얀 꽃잎들처럼 살다가
비바람 부는 날 오면
꽃길 속으로 살포시 떨어지리라

오월의 장미

눈부시다
군더더기 하나 없는
오월의 꽃 장미
가시 돋친 한마디가 서러워
말없이 떠나가시던 님
뒤돌아서게 하는 자욱한 그 향기
붉게만 타오르는 고혹적인 자태로
내민 몽글몽글한 꽃 입술에
눈멀고 귀먼 청춘이 되어
피를 철철 흘리며 사랑 하고프다

깊어가는 봄의 소리

신새벽에 나선 산책길
멀리서 들려오는 소쩍새 울음소리
점점 더 깊은 골짜기를 찾아 헤맨다

어느덧 눈부신 동살에
반짝이는 나뭇잎 사이로 흐르는
때깔고운 맑은소리가 청신하다

이슬 맺힌 이아침을 줄 고르는
산새들의 조화로운 병창은
가야금 열두 줄 가락 보다 더욱 미쁘기만 하다

순례의 끝자락

나 이제 돌아갈래!
잡초처럼 삐죽이 고개 내밀어 보아도
꿈도 희망도 없는 돌밭
허기진 욕망의 노예가 되어
무참하게 망가진 내 모습
씻어 줄 시냇물도 없는
정 떨어지는 도시의 메마른 골짜기
마네킹처럼 비스듬히 서있는
숲정이 빌딩을 떠나
이팝나무 하얀 바람에
흐드러진 언덕배기 지나서
연분홍 살구꽃이 활짝 피는
고향집으로 돌아갈래!

노력하면 되는 줄 알았는데
진심이면 통 할 줄 알았는데
기다리면 차례가 올 줄 알았는데
회복할 수 없는 믿음에 깊은 상처를
입고 허덕이는 날 쌍깜빡이를 켠
공장행 버스에 까만 마스크를 쓴
운전기사의 모습을 보며
동병상련의 처연함을 느낀다
밤과 낮의 구분이 없는
그리움의 열병을 앓는다
고향의 노래가 들려오면
이제는 나 이대로 돌아갈래!

오월이 오면

오월의 밤하늘 가로지르는
별똥별 모두어서
사그라지는 추억의 모닥불 피운다

갖가지 소망의 불씨가
타다만 희나리 되어
눈앞에 어른거린다

근거 없는 자신감으로 채워진
이루어질 수 없는 나만의 간절함이
까만 밤을 하얗게 태운다

새들도 잠든 이 밤에
담장밖에 늘어진 줄 장미 넝쿨은
또 다른 꽃망울을 잉태한다

풀섶의 아우성

세차게 내리던 봄비 그친 다음날
겨우내 마른 덤불은 씻겨 나고
풀잎은 새 옷으로 갈아입었다
덤불밭은 풀섶은 초록의 잔치다

어제 내린 비 덕택에
꽃으로 피진 않았어도
풀잎 끝에 매달려있는 이슬방울은
밤새워 숨어 만든 작품인 것을!

사실상 산은 화려한 꽃들의 세상이 아니라
사시사철 이름 없는 풀들이 말없이
사이좋게 피고 지며
어울렁 더울렁 축제의 나날이다

사람들은 한때 한 시절 피었다가 지고 마는
꽃을 감탄하고 노래하지만
덩그러니 꽃만 피어 있다면
산이 아니고 꽃밭이겠지

격동의 시절에는
산은 정복의 대상이었으나
이제사 초록의 향연을 펼치는
풀섶의 아우성을 듣고서 기쁜 소리 외친다
"심봤다!"

갈등의 끝은 꽃으로 핀다

그날 그 시절은 가고 아니 오는데
바보 같은 이 마음은 아직도
그날을 그리워하네
보고 싶은 사람아
소식도 모르니 안타까움만 더하네

등나무에 주렁주렁 연보라 꽃피는
오월의 봄날에는 볼 수 있을까
분홍 붉은 보랏빛 칡갈꽃이 활짝 피는
여름 지나면 볼 수 있을까

아, 우리는 언제나 갈등의 세월을
서로 다른 꽃을 피우며 살아간다
그래도 나는 지금 그날 그 시절이
서럽도록 그립다

가버린 오월

오월이 지나가자
그 붉디붉은 줄장미가
시들어가는 추레한 제 모습 숨기려
지난밤 빗속에 얼굴을 감추었다

비록에 기약 없는 이별 일지라도
돌고 돌아 새봄이 오면 만나 볼 수 있는
희망의 장미 화원에는
호곡하는 소리가 없다

어지러이 밤꽃 향기 흩날리는
가고는 아니 오는 인생사
어쩌다 보니 마음에 진 빚 때문에
이러지도 저러지도 못하는
뒤안길의 만남과 헤어짐의 풍속도

믿을 것은 지팡이 뿐
의지 없는 빈 가슴은
제 설움에 겨워 우는 산 뻐꾸기 닮아
오월은 또 그렇게 흘러갔다

외딴곳 사랑초

어느 날 활짝 피어서
뜻밖의 즐거움을 안겨 주던
꽃들이 시들어 말없이 진다하여도
나의 봄은 그리 서운하지 않았다

매일 매일이 신나고 즐거운 축제의
날은 아니어도 무디어진 감동의 시간들이어도
푸른 산빛을 깨치고 걸어가는 기쁨은 있었다

골짜기를 타고 흐르던 물마저 메말라
간헐천이 되기까지는
언제나 목마를 것 같지 않았다
마른장마가 시작된 줄로만 알았다

지고서야 비로소 다시 피는
세월의 윤회는 어쩔 수 없다지만
피기도 전에 꺾여진 차별에
느끼는 삶의 비통함은 어찌할거나

다르다는 이유로
작은 차이 때문에
함께 가는 길 홀로 소낙비를 맞는
외톨이가 되게 할 수 는 없다
사랑초 작은 꽃잎 마음속에는

언제나 비요일

이글이글 타오르는 불볕아래
죽어버린 나무로
마른 장작 쌓아놓고 심령의 제단에
불을 피우며 엎드려 빈다

메마른 대지에 은혜가 내리기를
빌어보는 희망고문은
술에 취한 듯 비에 젖어드는
우울한 착시현상인데

밤하늘을 밝히는 섬광탄처럼
비가 쏟아지는 날이 오면
막상 사람의 아들들은 어쩔 줄 몰라
할 말을 잃는다

장마예보

장마예보를 무시한
올 테면 오라는 심정으로
맞닥뜨린 어두컴컴한 오후의 일탈

주르륵 비에 젖는 날
바람마저 세차게 부는데
흔해 빠진 우산도 없이 길을 간다

이별 연습이다
평범한 일상과 상식을 깨뜨리는
파격의 잔해가 널브러진다

얼굴을 때리는 빗물조차도
타오르지 않는 젖은 일상의 연속에
왠지 모르게 낯설지 않다

이 비 그치면
아무런 일도 없다는 듯이
해말간 웃음 짓고 가던 길을 가겠지!

팜므파탈의 봄비

누구라 할 것도 없이
할 말 다못하고
그저 아름다운 꽃으로만
피어 있기를 바라는 헛된 마음에
무언으로 강요당한
응어리진 가슴에 새겨둔 느낌을
뒷전에 두고 생긋이
마른 웃음 흘리는 퍼포먼스에 비가 온다
무어라 꼭 집어 말할 수 없는
서러운 마음 달래는 봄비가
귓불을 적시듯 촉촉이 속삭이면
봄비에 젖어서 마른 꽃 떨구며 운다
아, 이 비 그치면
눈물 젖은 서정이 담긴
진짜 꽃으로 피겠지

장미

바람 부는 날
어쩌다 마주친 눈
빨간 입술 아름다와
수줍은 첫사랑 고백은
주황으로 피어나고
연분홍 사랑의 맹세
더욱 더 곱다

여름

바라볼 수 없는 것

소나무 숲 휑하니 뚫려있는
빈 하늘에 떠 있는 조각난 구름을
보았습니다

대숲에서 서걱이는
세월의 바람 지친 한숨 소리를
들었습니다

무심코 지나친 시간이 아쉬워서
옆모습을 잠깐 바라만 보았더니
어느새 곁에 와서 웃음 짓습니다

툴툴거리기만 멈추어도
배시시 웃음 진 얼굴에
사랑이 한가득 넘치네요

내 잘난 시절은 쳐다보지도 않더니만
구시렁대는 눈칫밥에 설설 기는
내 모습이 보기에 좋은가 봅니다

삶의 짐을 대신 져 준적도 없는데
고맙다고 당신 덕분이라고
두 손을 꼭 잡더이다

통발

내 가슴이 떨리는 날
고운 미끼 달아서 통발을 놓아라
매력에 빠져 미끼 물고 내게로 오신 임
빠져나가지 못하게 시리
함께 살자 꼬드김에 홀딱 반해서
흐르는 세월은 화살 같아서
어느덧 '30년 홈 커밍데이'도 못해보고
'주구장창 웬수질 '이력이
나서 늙어도 곱게 못 늙을 거라 했는데
아프니까 나만 손해다
봄비에 무작정 걸어본다
가슴 속이 서늘하다
피 끓는 청춘이 아니다
내 가슴에서 건져낸 빈 통발
세월의 풍상에 삭아 버렸다
돌려받을 청춘의 꿈도 삭았다
그러려니 하고 산다

지금 이 순간

오늘이 없는 내일이 없듯이
하루에 기대하는 희망이 없다면
희망이 없는 것입니다
오늘을 바라보는 믿음이 없다면
내일을 위한 희망은 없습니다

그대를 바라는 내 사랑의 소망은
불쑥 찾아온 우연이 아닙니다
당신을 처음 만난 날
당신의 멋과 매력에 흠뻑 빠져
그 사랑에 설레는 날은 이미
나 혼자만의 사랑은 아니었습니다

세상의 번잡함이 싫어서 비워둔
내 마음의 빈자리
조용한 마음의 다락방에
그대를 만나기 위해 나서는
지금 이 순간
나는 정말 행복하였습니다

그대 바라기 꿈같은 시간
한 걸음 한 걸음 함께하는 기쁨으로
봄의 꽃동산 온종일 나들이하다가
그대의 포충망에 길라잡이로
찾아온 호랑나비이었습니다

그대, 무엇으로 사는가

사랑합니다
나의 친구여
그대 이름 나직이 부르며
그대를 그리워함은
내 마음에 기쁨이요 큰 위로 됩니다

사랑합니다
나의 친구여
어디에 있던지 무엇을 하든지
있는 그 모습 그대로
나는 그대를 보고파 합니다

사랑합니다
나의 친구여
그대 마음이 어디에 있던지
소식 없는 시간이 계절을 바꾸면
그대가 더욱 생각납니다

사랑합니다
나의 친구여
어린 시절의 꿈이 허물어진
성터가 되어 모습을 잃는다 해도
기억의 강에서 화석이 되어가는

그대 모습에 매양 눈물이 어립니다
사랑합니다
나의 친구여
복사꽃 피고 파랑새 우는
청춘의 날이 지나고
서리꽃 하얗게 피는 날
그대가 보고 싶어 그리운 하늘바라기

사랑합니다
나의 친구여
목마른 날이 오면 나를 불러주오
더도 말고 덜도 말고 그대 바라보며
곡차 한 잔만 나눕시다

뜻밖의 만남

아니 여기서
당신을 만날 줄은 몰랐습니다
이곳에서 당신의 발자취를
찾을 줄은 몰랐습니다

어이하여
내가 가는 자리마다
당신이 그 자리 지키고 있음은
무슨 까닭인가요

속마음을 들킨 듯
전혀 뜻밖의 장소에서
당신과 만남은
놀라움 그 자체였습니다

꿈속에서나 와본 듯한
그 자리에서 당신과 함께 할 수 있다니
우리 전생의 인연인가요
아니면 우연을 가장한 필연인가요

뜻밖의 장소에서 만난
뜻밖의 기쁨으로 오늘도 내일도
당신을 사랑합니다

다시 걷는다

잊고 살았던 그 길을 다시 걷습니다

버겁게 숨 차오르지만 견딜만 하고
고운 햇살 동무 삼아 걷는 산길은
간밤 사나운 봄비에
흠뻑 젖은 부엽토 향기가 더욱 곱도록
오늘은 정상을 탐하지 않으렵니다

팔부능선에서 돌아서렵니다
오르면 다 되는 줄 알았는데
참 많은 것을 놓치고 살았다고 생각됩니다

세월은 폭주 기관차같이 한 치도
망설임도 없이 잘만 달리는데
이제야, 당신을 바라본 나는
귀밑머리 허연 부끄러운 삶을 고백합니다

내 눈에 들보

어디로 갔을까
도무지 보이질 않네
손톱 밑에 박힌 가시
아린 줄은 알겠는데
내 눈에 들보
외면하고 사는지
찾을 수 없네
아마도 교회당 뜨락에
심어 놓고 왔나 보다

명자꽃으로 피는 날

명자야 뭐하노
꽃망울 터질라

흐이구 화상아
진짜 꽃으로 피었네

명자꽃 이쁘게도 피었네
봄 까치 꽃 덩달아 피네

긴 의자에 앉아서

산마루에 덩그러니 긴 의자 하나
지친 몸 쉼하는 곳
우리 삶에 빈 의자 하나 두고
고달픈 인생 여정
쉼 하는 여유는 없을까

'바쁘다 바쁘다'를 입에 달고 사는
우리의 일상에
나를 돌아보는 시간을 쉼 하는 것이
그렇게 용납하기 힘든
사치스러운 일일까

마르지 않는 깊은 돌우물에
두레박 던져서 첨벙거리는
물 길어 올려 목마른 사람에게
먼저 두레박 채로 내어
맡기는 샘터의 여유는 어디로 갔을까

틀면 쏟아지는 상수도 탓에
물 귀한 줄 모르고 이고 지고 나르던
수고로움을 잊어버리고
알게 모르게 시나브로 변질하는
갈증을 모르는 단세포 되었다

어디로 가고 있나!
그림자 길게 드리워지는 석양빛에

오늘도 숨넘어가듯 헐떡이며
또 하루를 보냈다
지친 일상의 반복이다

푸른 신호등이다
여기서도 멈출 수가 없다
저길 건너면 피안의 세계가
열리는 것도 아닌데
밀물처럼 떠밀려 지나간다

말로만 나그넷길 노래를 한다
너나없이 한평생뿐인 인생길
퇴직하면 쉴 것 같은 헛된 꿈 버리시고
이왕지사 빈 의자에 주저앉은 김에 쉬었다가
천천히 길을 가자

산까치가 날 알아보더라

산을 다닌 지 얼마 되지는 않았는데
초입에 우뚝 선 미루나무 꼭대기 둥지에서
까치가 내려와 날 보며 웃으면서 인사한다
별반 기대도 하지 않았는데
그 넘을 아는 체 손을 흔들었지만
사실은 그 넘이 그 넘 같아서 알 수가 없다

산까치가 날 보며 웃는다
반갑다고 간밤에 잘 지내셨냐고
자식보다 살갑게 인사한다
눈물이 핑 돈다
서울로 간 무심한 자식
넘 잘 지내고 있는지 걱정이 앞선다
오늘따라 청죽靑竹은 푸르름을 더하고
이름 모를 산새 소리가 맑고 고웁다

무너진 전설

그 옛날 3월의 달빛 아래
뛰놀던 꽃사슴 지친 몸 쉼 하던
금정의 산자락 온천장 노천에
스며들어 가만히 눈감고
세상사 시름을 잊는다

부귀와 영화도 한 시절뿐
뜬구름같이 덧없는 것을
서초동 청사에 부는
바람은 막을 수 없다

귀하디귀한 신분
잡범이 되어버린 무술년 옥사에
권불십년 화무십일홍
인생무상 이런가!
털어서 먼지 안 나면 가죽을 벗길런가!

볼썽사나운 대리만족에
속이 뻥 뚫린 듯 기쁘기는 한가
가고 또 가고
끊임없이 봄비는 내리고
호객 소리 잦아드는 번화가에는
발길마저 뜸하다

표절

산속에 파놓은 개인호 구덩이 보고
그 옛날 선사시대 선인들이
파놓은 움트라고 아웅 대는 님들이여!
구덩이는 같지만 바라보는 마음은
용도가 다를 것이다

좋아하는 시인의 감성을 느끼고자
무심코 베껴 쓴 습작의 노트라면
이해할 수 있지만, 등단 시인이라면
파렴치한 행동 일게다

표절이 부끄러워 숨어버린 구덩이에
이제는 썩은 낙엽에 오물
한가득 싸여서 꼴불견이다
모방 속에 새로운 창조가 문명이지만
시인의 감성은 흉내 낼 수 없다

차라리 그 시를 외워서 읊어라
봄은 봄인데 느끼는 마음은
제각각이듯이 부끄러운 고백을 통해서
새봄을 만끽하며 살자!

연못에 그린 마음

겨우내 수심을
연못 위에 띄워놓고
동그라미 지는 봄비에
그대 얼굴 떠올린다

우산을 두드리는
구성진 가락은
내 귀를 간질이던
맑은 목소리 생각이 난다

젖어버린 돌층계
기대어 앉을 곳 없네
저리도 봄꽃은 피었거늘
손잡고 거닐 그 사람이 없다

떡갈나무

차마 떨치지 못해
아직도 마른 잎 붙들고 서 있는
떡갈나무
봄은 이미 와 버렸는데
청설모 오가는 길 잃어버릴까
걱정이 되어 그렇게 서 있나 보다
망년忘年에 흐린 기억
어디로 가야 하는지
어디가 어딘지 헷갈리는데
내 마음의 푸른 신호등은
초 단위로 깜빡이고
미련퉁이 떡갈나무 마른 손 흔드네

모호함과 답답함

이도 저도 아닌
알 수 없는 마음
보는 사람 애간장 녹이는 답답함
아버지 모습을 떠올리면
저렇게 살지 말아야지
홀로 다짐하였다

한때는 우유부단 하다고
원망도 많이 했다
대쪽같이 쪼개지는 맛이 없다고
실망도 하고 다른 길로 가기도 했다
아예 생각 없는 분이라고
치부하며 살았다

임 가신 지 오래된
어느 날부터인가
머리에 허연 서리 내리자
툭하면 생각이 길어지고
결정 장애를 앓기 시작했다
어쩔 수 없는 나의 이야기가 되었다

달하!
높이곰 도다샤 멀리곰 비추오시라!

차곡 차곡
아파트 평수가 늘어나면
콧구멍 평수도 공연히 늘어난다
쪽방과 고시원은 나와는
아무런 상관없는 삶이 되었다
바람은 어디에서 불어와 어디로 불어가는지!
겨우내 마른 가지에
봄소식 머물면 서글픔의 차이일 뿐
배려 없는 삶은 매일반이다
허나, 마음의 평화는 평수坪數에 있지 않다
아파트 평수 늘리듯 내 마음의 평수가
세월 따라 늘고 있는지 아쉬움만 가득하다
쪽방의 설움이, 고시원의 외로움이
배반의 삶에 휘청거리는
어두운 뒷골목 그림자로 남아서
봄볕에 이는 따사로운 바람이
위안慰安의 전부일 순 없다
은혜를 구하여 감사만 하고
도무지 베풀 줄 모르는 오늘도
거룩한 땅을 걷는다고
구원받은 착각에 무탈하게 살면 되는 건가!

나는 도대체 누구인가

그리움

먼 산 뻐꾸기 울음소리는
송홧가루 날리는 언덕위로
바람 따라 가버린 솔봉이 그리워
꽃잎에 얼룩진 깃털 추슬러
이 산 저 산 뻐꾸기 날려도
짙어가는 녹음에 묻혀
망각의 세월 늪으로 빠지어
산에 피는 산유화
꽃마름 하는 날
고향 찾아온 어깨동무들
손잡고 춤추는 우물가 너른 마당
글썽이며 우는 사람들아
삽짝 밖 골짜기로 불어오는 바람에
흰머리 날리는 청춘의 봄이 가네

밑둥을 자르다

복잡하고 빽빽한
생각의 밑둥을 잘라내었다
시원섭섭하다

탁 트인 하늘을 본다
곁가지로 막혀 있던
숨통을 튼다

어제와 같은 오늘은 없다
알 수 없는 미래에 하루를
몽땅 걸 수는 없다

지금 너와 함께 하는 이순간은
너만 바라보련다 긴장의 끈 떨어진
시원한 바람이 불어온다

사부곡思父曲

혈혈단신 유복자로 살아온 세상
외로움에 겨워서 자식농사만은
새끼줄로 설레발치듯이
주렁주렁 낳으셨건마는
허기진 배를 움켜쥐고
보릿고개를 넘을 제에는
이 대문 저 대문 두드려 보았건만
사촌도 외면하는 억하심정
차가운 밤이슬 맞고 돌아서는
무디어진 마음에 서러운 눈물
하얗게 흩뿌린 이팝나무
오월에 꽃이 피면
사랑하는 아버지 오늘 따라
유별시리 아무런 말씀도 없이
돌아올 수 없는 먼 길을 떠나신
당신이 보고 싶습니다

혼불

을화의 기도 소리에
제석천이 감응하였나
이슬 성신 내리는 칠성각
깨우치기는 아직도
시린 야삼경
반야의 지혜는 어디로 가고
잠 못드는 헐떡임의 하루는
여축 없이 깨어난다

미륵의 현신일까
우담바라 꽃피는 날
아무런 생각 없이
무심코 던진 한마디 말이
파도치는 밤바다
잠 못드는 갈매기 울음소리로
업이 되어 돌아왔다

혼비백산 쥐불놀이
온산이 연등으로 타오른다
거나하게 취한 속풀이 해장국에
입천장을 덴다
까닭 없는 울음이 터져 나온다
죽어서도 갈 곳을 잃은
둥둥 떠다닌다

사랑 그 사랑

말도 안되잖아
살아온 세월이 얼마인데
그까짓 옛사랑 때문에
이리도 허망하게 무너지다니
그까짓 사랑이라니
사랑이 전부인데
사랑 빼고 사는 인생
사막을 유랑하다
갈증으로 타들어 가는데
신기루를 찾아서
배반의 잔을 높이 들고
토악질 나는 사랑을 자랑삼아
쓰디쓴 물을 마신다

영원히 살 것 같은 착각에 빠져
이승과 저승의 경계를 허물고
거침없는 난장질이다
이름 석자위에 검은 줄이 쳐진다
사랑 우습게 여기지 말고
마지막 한 숨을 몰아쉬는 날
솔방울처럼 말없이 떨어져도
후회 없이 사랑했음을 기뻐하라

사바나의 사랑타령

사랑을 몰랐을 때
우리는 소꿉을 가지고 놀았다
공기놀이 삼매에 빠졌어도
사랑타령을 몰랐다
커다란 맨홀 뚜껑 속에 둘이 함께
숨어있어도 사랑 따윈 없었다

벌거벗은 내 모습이 부끄러운 날 얼굴에
불그죽죽한 여드름이 돋았다
그때는 첫사랑이란 당연히 가슴 뛰는
부끄러움인 줄 알았다
괜스레 마주보는 얼굴을 슬금슬금
애써 외면하였다

비로소 가르침이 중요한 날
사랑과 인생은 쟁취하는 것이라고
약육강식의 동물의 세계를 배웠다
아프리카 사바나의 수사자가 되고 싶었다
세상은 생존의 전장이었다
사랑은 허울뿐인 장식이 되었다

휘몰아치는 뭇바람의
기억들이 허무하게 각인된
손때 묻은 거울을 바라보다가 문득

사랑은 아낌없이 내어주는
나무가 되는 것임을 알았다
더 이상 내어 줄 것이 없는
그 사랑의 끝이고 싶다

유월의 단상

어쩌다 마주친 산야초와의
설레임이 채 가시기도 전에
유월이 왔다
이제는 어찌할거나
더운 바람에 익어가는 청보리밭
사잇길에 알을 품던 까투리 댓바람에
놀라서 날개 지쳐 오르고
곱삶은 대궁밥이라도
얻어 먹일 수만 있다면야
허기진 자식들 달래어 보련마는
보리방아 찧는 날 손꼽아 기다리며
달그림자 쳐다보고 치미는 설움을 삼키던 내 어머니
진종일 일바지 허리를 동이고
종종 걸음에 거칠고 메마른 손
어머니 당신이 보고 싶습니다

석류꽃 피는 날

석류꽃
곱게 피는
유월의 앞마당에

꽃잎에
맺힌 소망
주홍에 물이 들면

알알이
그리움 담아
임 바라기 할거나!

바다일기

비라도 내렸으면 하는
따가운 볕살 머금은
조금은 철 이른 바닷가
파도를 희롱하는 손잡은 오누이
까르르 웃음소리 드높은데
모래장난 소꿉놀이에
정신이 팔린 백사장은 어느새
한 폭의 난장판이 되고
세상에 둘도 없는 그림일기가 된다

잔잔히 밀려오는 파도에
서툰 몸짓으로 오리배를 띄운다
차오르는 근거 없는 자신감에
젖어드는 옷인들 어떠리!
뒤집기 한판에 새로운 세상을 경험한다
어쩌란 말이 아닌 재미로 가득 찬
호기심 천국이다

저물지도 않았는데 가자는 성화에
모래 묻은 발을 아무렇지도 않게
툭툭 털고 사뭇 아쉬움
가득히 안고 돌아서는 속내는
다음에는 혼자서 또 와야지

한담閑談

시어머니는 친구에게
침을 튀겨가며 며느리 자랑질이다
제 얼굴에 침 뱉기 싫은
먼 산 뻐꾸기 뻐꾹 뻐꾹 소리높이고
저녁준비 바쁜 며느리 장바구니는
오늘도 고개 이리저리 흔들며
시금치를 외면한다

도무지 외울 수 없는
비밀번호로 무장한 현관 앞에는
덩그러니 사위가 좋아하는
파김치가 놓여 있다

친정엄마가 왔다가 그냥 간다고
서운함을 메모 해놓고 갔다
아뿔싸, 미리 전화 좀 하고 오시라고
괜시리 역정을 낸다

아이들 등살에 부대끼는
하루해 덧없이 간다
날마다 소득 없는 잔머리에
무논에 맹꽁이 울음소리 정겹다

낯선 참회록

혼비백산의 날
산산이 부서진 이 마음
무엇으로 고침을 받나

구슬픈 피리소리도
위로의 말도
사치스러운 날이 오면

진저리치며 슬금슬금
뒷걸음질로
외면하는 벗들이여

끊어진 인연의 구름 실타래
망각 속에 흐르는
강물위로 띄워 보내고

더 이상 갈 곳을 몰라서
뒤돌아선 마음에 맺힌 한마디
이제는 어디로 갈거나

차마 부끄러워 말못한 고백을
성긴 눈물의 참회록으로 엮어서
그대 앞에 고이 드리리!
석류꽃 피는 날에

홀로 된다는 것

외롭지 않냐고
보고 싶지 않냐고
그리움만 남기고
훌쩍 떠나 가버린 사람의
뒷모습과는 상관없이
홀로 남은자의 짙은 외로움에는
경보음이 흐른다

얼마나 외로웠으면
태양을 등지고 앞그림자와
쓸쓸한 대화를 나누다가
북받치는 서러움 어쩌지 못해
염천의 뙤약볕아래
축 늘어진 해바라기 밭을 기어 다니면서
숨은 그늘을 찾을까

문득 해거름이 되면
흘러간 기억의 단편을 조각 맞추다가
옛 추억에 사로잡혀
뒤돌아보면 텅 빈 바람의 자리
말할 수 없는 상실의 아픔이 자맥질한다
홀로 된다는 것은
저 홀로 피는 꽃이 아니다

고독사

거기 누구 없소
부르다 지친 목소리
어둠에 익숙한 고독마저
차갑게 외면하는 밤

가진 것이라고는
움켜쥔 나만의 천국 열쇠
끊어져 버린 구조의 신호음만
방안을 맴돌 뿐
버거운 호흡에 다소곳 하는
공기마저 세상과의 왕래를 멈춘다

가는 길은 달라도
종착지는 은하철도 대합실
무지 바쁘게 오간다
아는 얼굴 쳐다볼 엄두도 낼 수 없다
정해진 시간표대로 기다리다 떠날 뿐이다
빠르고 늦고 별 차이가 없다
지루하게 기다리는 중이다

현관문을 두드리는 소리
거기 누구 없소
문지방에 기대어 버티던
예수의 십자가
두드림의 아우성에 툭 떨어진다

한걸음만 더 앞으로

언제나 그곳 그 자리에
있을 것이라는 착각이
이리도 크낙한 화를 불렀습니다

언제나 님바라기 고운 심성을
오판하여 일방적으로
제 잘난 탓이라고 으스대며 살았습니다

매일 같은 상투적인 삶을 말 못하는
사랑으로 덧씌워 바쁘다는 핑계로
무기력한 하루를 곱씹게 하였습니다

만선의 꿈을 싣고 떠난 배가
너덜너덜한 난파선이 되어
구조의 손길을 기다리고 있습니다

꼬집어 누구의 탓을 말할 수가 없다
오늘이 내 인생의 가장 젊은 날
내가 먼저 당신을 위로 하였습니다

별처럼 빛나던 시절의 꿈을
그대와 함께 다시 한 번 사랑 하고파
텅 빈 마음의 문을 열었습니다

옥봉산 시랑길

오늘도 첫새벽에
옥봉산 시랑길 종합병원에 간다

예약이 필요 없고 지루하게 기다리지
않고 수술과 과잉진료가 없는
자연과 인간의 협진으로 마술 같은
치료를 하는 곳
특히 노인성 질환에
탁월한 효과와 하루해 지루함을
달래며 땀 흘려 보상받는 건강지킴이
부속 체육공원은 여러 가지 운동시설을 겸비한
소통의 뜨락이며
고단한 인생길 세속에 찌들은
풍상과 먼지를 털어내는
에어 스프레이를 갖추고 있는
입원환자 없는 병동이다

두발로 걸을 수 만 있다면
온갖 근심과 걱정
두려움과 헛된 욕심의 우울증으로
각기 제 갈 길만 고집하다가
지쳐버린 몸들의 하얀 분노를 쉬게 하는
생명의 길로 인도하는 길라잡이다

사철 꽃 피고 새 우는 동산
키 181미터의 별다른 꾸밈없는
수수한 매력의 옥봉산
앞서니 뒤서는 자드락길 따라서
산등성이 밟고 올라서면
사방이 탁 트인 청량함에
치유의 기쁨 또한 넘쳐난다

그대는 사랑을 택하라

사랑과 우정 사이에
해맑은 웃음 지으면서
헷갈리는 줄넘기를 한다

언제나 그러리라고 착각하며
아차 하는 순간은
돌이킬 수 없는 후회로 가슴 저민다

눈물에 젖은 우정으로 남은
쓰라린 생채기는
어쩔 수 없이 외면당한다

돌아선 매듭이라도
후회 없는 사랑 이었더라면
이리도 가슴 아프진 않았을 텐데!

사랑과 우정사이 방황치 말라
그대는 오직 사랑만 하라
후회 없는 내 사랑을 위하여!

가을

가을을 타는 사람들

구름은 그냥 그대로 그 자리
있고자 히여도
무시로 불어오는 가을바람이
등 떠밀어 서산 너머 데리고 가네

근심은 안개처럼 피어오르는데
멀리 떠난 자식은 소식이 없네

가을이 오면
할 일이 많을 것이라고 생각했는데
막상 가을바람이 불어오니
스산한 마음 감출 길 없네

왜 이럴까!
벌써 가을을 타는 것일까!
맑고 푸른 하늘 바라보면서
괜스레
9월이 오기도 전에
빛바랜 가을맞이 하네

가을 비

내 마음 열면 봄 올까 하여
마음의 문 열었더니
더위가 먼저 오더라

이 비 그치면
가을이 오려나, 그 기대감에
낙엽 밟는 소리 환청으로 들리고
소복소복 쌓인 눈 환상으로 보이니
정녕 더위를 먹었나 보다

그리운 님소식, 어디쯤 오고 있나
이 비 그치면 나의 님 올거나

어느 생의 가을날

낙엽 지는 가을날
양로원 뒷산 오솔길 따라
생의 가장자리로 밀려난
떠도는 섬이 되어 회상한다

문맹의 설움은 타고난 애교로
참고 살았는데
무자식 상팔자 외면서 살다가
오갈 데 없이 덩그러니 내쳐진
무자귀 신세가 하도 기가 막혀
가쁜 숨 몰아쉬며 눈물 글썽인다

다도해 섬 사이로
표류하는 뗏목처럼
낙엽과 낙엽 사이를 지르밟고
뒤돌아보니
횅하니 부는 바람에
임의 생애 가을도 저 멀리 날아간다

홍시

온 산에
산불에 어지러이
이지러진 노을에
촛불처럼 타오르는 단풍으로
뜨락에 홍시가
주홍으로 익는 밤
'동호방의 등불'
흔들리는 심지 돋우어
첫새벽을 밝히려 하나
차디찬 삼족오 비명소리에
몸서리 서리지는 홍시
에구머니나 이를 어쩌누
탄식으로 터져버린
홍시의 꿈!

억새평원

바람의 기억이 살아 숨 쉬는 곳
흐르는 눈물의 추억 속에서
지나간 시간이
하얀 솜털처럼 휘날리는
초원의 빛이 윤슬에 술렁이는
은빛 파도가 되어
가슴으로 차오르는 눈부심의 날

어스름 저물녘에
하늘가는 억새길 열리더니
금빛 찬란한 바람의 노래
으악새 슬피 우는
그리움의 향연을 펼친다

하늘 아래 첫 동네 신불산
하늘거리는 억새의 축제 마당에서
더는 한 발자국도 움직이고
싶지 않다
안쓰럽고 애틋한 마음도
기다리는 마음도 없는
소박한 나눔의 잔치도 없는
산 아래 땅으로 하산하기 싫다

가을회상回想

아련한 눈길 속에 흐르는 눈물
덧없는 세월아
　　지나간 아픈 사랑 울지 말아요
　　서러운 사람아
　　　가을에 떠난 사람 흐릿한 미소
　　　추억 속의 그대
　　　　　한없이 보고 싶은 그리운 사람
　　　　　안녕 내 사랑아

　　　　낙엽을 태우면서 흘리는 눈물
　　　　잊지 못할 사랑
　　　술잔에 방울방울 어리는 얼굴
　　　달마저 없는 밤
회상에 멍든 가슴 파랑새 되어
푸르른 내 청춘

　　　가고도 못 오는 건 너뿐이거늘
　　　냉가슴 앓는다
　　　　길 잃은 저 나그네 바람의 아들
　　　　방랑길 시벗님
　　　　　벼리고 아쉬운 맘 떨칠 수 없는
　　　　　그대 그리움 뿐!

환속還俗

속세의 아귀다툼에
꼴불견 하도 싫어서
고요한 청정도량에
내 영혼 의탁하여
염불 삼매로
세상의 찌든 때를 씻어
무량수전 보자 하였더니
법당에도 내 마음의 마군이 들끓어
헛염불로 세월을 삼키다가
죽비 세례 맞으면서
부처님 전에 귀의歸依했건만
마음에 이는 의심의 구름 한 점
먹구름 되어버려
온밤을 삼천배參千拜로
땀에 젖은 승복僧服인데 화두는 사라지고
잡념만 가득한데 꽃무릇 무성한
절집 뒤안길 발갛게 단풍 드는 날
걸망에 밀짚모자 쓰고서
세간살이 나서네

화사花蛇

호젓한 산길에서
맞닥뜨린 고개 쳐든
알록달록한 꽃뱀
뱀도 가을을 타나보다
마주친 놀란 눈동자
부끄러운 몸을 돌린다
온산이 붉어가는 가을날이다
나무 이파리들도 몸단장에
빨갛게 물들어 가고 있다
마른 풀잎은 한갓진 벼랑 끝
소나무 등걸을 베개 삼아
부는 바람에 슬며시 자리 잡고
한 생의 가을을 쉼한다

가을의 전설傳說

가을은 누구에게나
말 못할 사연
가만히 혼자서
눈물로 되뇌이는
저마다의 전설이 있다

옛사랑이
노랗게 물든 낙엽 되어
떨어지는 길을 걸으면
을씨년스러운 바람소리에
새삼스레 옷깃을 여민다

지금 그 사람
추억속의 남자
추억속의 여자가 되어
전설이 되어버린
가을의 향기를 맡으면서
그리움에 울어 예는
밤을 지새울꺼나!

으악새 슬피 울면

가을이 올 때
가을을 노래하지 않으면
소슬바람 불어오는 외로운 밤에
근심으로 차오르는 달을 보면
쓸쓸한 심사 더욱 부추길 뿐인데
누런 달빛에 흐르는 강물은
갈바람에 부러진 나뭇가지를
황포에 돛단 배 인양 실어 나르고
어버이 그리워하는 눈물바람이
별빛에 반짝거리고
망연한 이 그리움의 가슴앓이
낙엽으로 질거나
가을이 가기 전에
추스른 마음으로
으악새 슬피 우는 가을의 노래를
부르자 꾸나

가을 단상斷想

소소한 바람이
제법 벼린 날을 세우는
새벽녘 한기를 느끼면서
창문을 열면
가을은 그렇게 오나보다
밀려가는 파도소리
듣지도 못하였는데
가을을 알리는 노래가
밀물처럼 다가온다
벌써 마음은 가을을 탄다
모래톱에 찍힌 발자국으로
모래성을 쌓았는데
한 파도에 휩쓸러 갔네
아쉬움 만 가득 하다
모래밭에 새겨 논 그대 이름도 함께

가을이 오는 소리

이별에
흐르는 눈물
멈출 사이도 없이
새로운 슬픔이
파도처럼 밀려오는데
나를 키운 바람은
흔적도 찾을 수 없이
고요하기만 하고
어디선가 들려오는
쓰르라미 울음소리
오고가는 세월의 부딪힘에
점점 버거워지는 하루하루는
정든 배 떠나보내듯
온통 다하지 못한
이별이 가슴에 사무칠 때
가을은 그렇게 오나 보다

가을의 노래

등지고 가는 그대의 어깨위로
노랗게 가을이 떨어지네

자박자박 절로 쟁여 쌓인
수북한 그리움의 가로수 길은

온몸을 털어내는 갈바람에
우수수 사위어가는 은행나무

푸른 꿈 깨어나 마른손 흔들며
부끄러이 손 가리는 하늘바라기

가을을 보고 사는 사람과
보지 못하고 사는 사람의 차이는

가을의 노래를 부르는 사람과
가을을 찾는 사람이다

미련未練

오늘도 힐끗 우편함을 쳐다본다

속절없이 지나간 시간이
얼마나 되는지는 알 수 없지만
집 마당에 수북이 쌓여있는
낙엽만큼 잡다한 우편물이 가득 차있다

떠나보낸 마음의 후회와 아쉬움은
폴더식 휴대폰을 만지작거리며
지워버린 전화번호를 기억해 내려
안간힘을 쓴다

가을걷이 끝난 빈 들판을
가로질러 흐르는 강물은
외기러기 모습을 담고 떠내려 간다

미련 만으로 모든 것을
되돌릴 수는 없지만
이제는 덫이 없는 야생의 DMZ에서
암사슴과 청노루 되어 살고프다

옛사랑의 그림자

내 마음 거저주기 힘들어
너의 사랑을 담보로 받는다

내 사랑 나도 몰라
너를 보내고야 아쉬워한다

보고 싶은 이 마음이
그리움이요 사랑인 것을

보내고 후회하면서
아무리 씻어도 지워지지 않는 상처

문신처럼 남아있는 희미한
옛사랑의 그림자를 본다

그리운 어머니

아이고
이 노릇을 어찌할꼬
보고 싶다고 언제나
볼 수 있는 것이 아닌데
이렇게 가시면 언제 오시려나

쌀 한 봉지 움켜쥐고
가파른 인생의 고갯길 오르는 어머니
가난에 찌든 자식 걱정에
슬프도록 아름다운 시린 입술 사려 물고
부황 뜬 보릿고개를 넘어가시던 내 어머니

배추흰나비 훨훨 날으는 날
아지랑이 사이로 그리움만 남기고
떠나가신 어머니
눈물의 사모곡 불러 위로하여도
못내 안타까운 어머니시여!

이제 또 그리운 날이 오면 어떡하오리까
불러도 대답 없는 어머니시여
날 바라보시던 사랑의 눈빛은
어디서 볼 수가 있을까요

천애의 고아 된 설움을 안고
내리사랑 대물림 부끄럽지 않게시리
축 늘어진 마른 젖가슴 열어놓고
다슬기 국 끓여 환하게 웃으시는
어머니 당신이 벌써 보고 싶습니다

어머니 당신이 생각나는 날이면
둘레 꽃으로 가득 피어난
영산홍 피를 토하듯 한 그리움에 울고
송화가루 날리는 자욱한 슬픔의 봄을
눈물 속에 가두어 봅니다

담쟁이 사랑

아름드리 소나무 등걸을 타고
오르는 담쟁이 여린 손 하도고와서
넉넉한 마음으로 너를 붙들어서
내 가슴에 품었다

나날이 옥죄는 애무를 예사로이
여겼더니 끝없는 욕망의 노리개 되어
수액을 빨며 간질이더니
숨통을 막을 줄은 꿈에도 몰랐다

타오르는 그 마음이사 모를 것도 아니지만
끈질긴 집착의 불길에 마른 숨 삼키며
붉게 타 죽을 줄은 예전엔 미처 몰랐다

애시당초 우정과 사랑의
모호한 설정이 지경을 넓혀가는
욕심의 희생양이 되어 버릴 줄이야
부디 나 하나만의 사랑이길 빈다

빈 지게

고달픈 내 삶에
흥건히 고인 땀을 식혀주던
지게 작대기가
홀연히 세상 등지고 떠나갔음을
잠시 잠깐 다른 일에 빠져 챙기지 못했다

민망함을 넘어 망연함을 느낀다
그렇게 보내신 분들을 손꼽아본다
무정도 정이라더니 손가락을
베인 듯 아린 생채기로 먹먹하다

한 짐이라도 더 지고가려고
아등 바둥 세월을 훔쳤다
세월 따라 삭아드는 바지게
헐거워진 지게 품앗이

그리움은 어디로 갔는지 기척도 없고
종내에는 앙상한 어깨죽지 시린 통증에
울퉁불퉁한 지게 작대기만 남았다

욕심껏 지고 온 그 많은 짐은
어디로 가고 빈 지게에는
속절도 없이 낯선 바람만
한삼태기 담겨있다

전설이 되게 하소서

그대와 함께 가는 길
늘보의 삶이어도
오직 임바라기에 마른 꽃이 되어도
임과의 푸르른 기억이
전설이 되어
머무는 땅되게 하소서

바라는 건 애오라지
임사랑 뿐인데
비웃음 가득하여도
지금 이순간만은
임 만나는 설레임으로 채워주소서

여기는 가시밭길 황무한 땅
바람의 골짜기 이어도
임 그리워하는 마음
새움이 트게 하시니
날마다 새롭게 하소서

무지개 피어나는 저 언덕너머
거짓 없는 사랑으로만
바라볼 수 있는 숨겨진 낙원
나의 사랑 나의 임이 함께하는 곳
둘만의 전설이 되게 하소서

해후邂逅

어디쯤 오고 있을까
반백년이나 지난 세월
어떻게 변했을까
서로 알아보기는 할거나

뜻밖의 장소에서
뜻밖의 만남
주변머리 없는 사람들
설레임 반 호기심 반이다

아름드리 느티나무 그늘아래
뛰놀던 꼬물꼬물한 시절
만국기 펄럭이는 운동장에서
하루해 짧다고 소리치는 아이들

밀물의 시간이 가고
물때 빠지는 썰물의 시간에
있는 모습 그대로 생의 한가운데
갯벌로 나선 체험 삶의 현장이다

아련한 그리움에 취해서
공연히 입맛을 다시는 기다림의 시간
반백의 머리카락도 3분이면 염색이 되는데
아쉬움에 가슴 저린다

옹기장이

뜨거운 여름에도
불가마를 안고 살아가는
부질없는 마음의 드난살이
더 이상 어쩌지 못해
삶의 자리를 박차고 나섰다

옹기장이 내 마음
바싹 깨어진 질그릇 같은
투박한 마음이사
쓸어 담아 버리면 된다지만
허전한 마음에 스며드는
사금파리처럼 날 선
분노의 대접 이 마음은 어쩌나

서럽다 못해 눈물마저 말라버린
야수의 주리고 허기진 욕망이
포효하는 야삼경
새벽닭도 잠든 시간에
세차게 불어대는 바람구멍에
속절없이 무너져 내린 불가마

옹기장이 마른손 움켜쥐고
신새벽을 기다리며
새로 치대는 흙벽에 젖어드는

굵은 땀방울은 뒤섞인 후회와
스스로 용서의 마음이 되어
너부러진 생의 물레를 다시 돌린다

어제 같은 오늘은 없다

어디로 가고 있는가
무심코 어제 걷던 그 길을
아무런 생각도 없이 예사로이
길을 가는가

날은 어느새 저물어 가고
계절은 몸색깔을 바꾸는데
아직도 이 한 몸 쉴할 곳을
찾아서 헤매이는가

그리움만 남기고 가버린
푸릇푸릇한 청춘의 소야곡은
아직도 생생하게 들리는데도
굉음 속으로 사라져가는 생의 뒤안길

주름진 산길을 지나서
물소리 철벙거리는 골짜기 찾아서
흘러간 물방아는 가슴에 묻어두고
춤추는 사념의 나래를 펼쳐 가리다

바람개비의 노래

울음이 나도
울음이 나도
소리 죽여 우는 사람아

보고 싶어도
보고 싶어도
고개 숙여 보는 사람아

말하고 싶어도
말하고 싶어도
한숨으로 삼키는 사람아

그리워하여도
그리워하여도
가슴만 태우는 사람아

이제는 가고 아니 보인다고
소리 내어 우는가!
그리움에 북받쳐서
몸서리치며 서럽게 우는가!

꺼이꺼이 사랑한다는
그 말만은 꼭하고 싶었는데
후회의 정만 남기고 떠난 사람아!

허공에 띄운 편지를
바람이 전하는 말이라도
아직도 그대를 사랑합니다

그 사람

어디에서 왔을까
바람 따라 흘러 들어온
도무지 알 수 없는 사나이
거친 파도 눈보라 속에서도
노 젓는 구릿빛 얼굴의 뱃사공

십자나루 강가에
허름한 쪽배 하나 띄워놓고
나그네살이 한생의 짐 보따리 끌어안고
타려는 사람들에게
탈 자리 없으니 버리고 타시라고
강권하는 사내의 서늘한 눈빛은
길손을 가려서 태운다

그리고 하시는 말씀
바람소리도 호산나로 들리는
강 건너 저 피안의 땅으로 가시려면
당신이 보시기에도 보잘것없는
나를 바라보고
나를 믿고 가셔야 합니다

이 배 말고 다른 배는 없소이까
사공은 당신 혼자뿐이요

참으로 난감하네
석양은 빛을 잃어가고
날은 저무는데
어이타 내신세가 이리도 박복하냐

사공의 노래가 길게 울려 퍼지는
나루터에서 오도 가도 못하고
망설이는 나그네
마침내 길 없는 길을 찾아 나선다

여보세요, 뱃사공!
허기지고 딱한 지금의 내처지에
모든 것 다 버리고 당신을 믿지 않으면
어떻게 이강을 건너겠소!
어차피 당신과 나 한배를 타고
갈 사람, 나 그대를 믿고 타고가리라
어서 배 띄우세요 배 띄워갑시다

뿌리살이

산등성이 오르막길에
뿌리내린 소나무
행여 비바람에 넘어질세라
이-갈래 저-갈래로 많은 뿌리내리고
등굽은 세월의 무게는 아랑곳 않고
뒤를 받쳐주는 고임목도 없이
산울림도 없는 천년바위를 친구삼아
홀로 선채로 외로운 산객을 맞는다

온종일 쉴 그늘 없는
하루의 해를 쬐면서도
오가는 바람에게 고향의 농투성이
미소 닮은 뿌리살이 전한다

빈 둥지

탯줄을 잘라버린 빈 둥지에
아쉬움 가득한
허허로운 바람이 든다

가슴 조렸던 조탁의 시간이 지나고
탁마의 시간이 흐른 뒤에도
아직도 할일이 남은 양 허우적댄다

너는 너대로 나는 나대로
인연 따라 부는 바람을 사슬로 묶으려 하는가!

뻐꾸기 아닌 다음에야
둥지를 떠난 새들도 그 둥지를 찾지 않거늘
물려받은 둥지 자랑삼는
어리석은 사람아
그대 떠나면 삭아버릴 빈 둥지

다시는 올 수 없는 청춘의 날들과
얼룩져 빛바랜 하루해 바라보면서
무엇으로 살아가려는가!

즉문즉설

고운 향 타오르는 법당에서
말씀의 종이 이르기를
벌거벗은 임금님
어떤 이의 눈에는 보이는데
나는 당최 볼 수가 없다
어떤 이의 귀에는 들리는데
나는 귀머거리인가 들을 수가 없네
나의 의심은 허공을 맴돌고
봄은 그렇게 이미 와 있구나

보아도 보아도 알아보지 못하고
들어도 들어도 알아듣지 못하는
나는 허공을 향하여 즉문즉설 한다
내 욕심이 앞을 가려보고도 보지 못하고
들어도 듣지 못하였구나
뭣이 그리 중한지 세월을 삼켰구나

청죽은 바람에 흔들리며 키자람하고
청솔은 눈 오는 겨울날 더욱 푸르매
돌부리에 걸려 넘어지고도
돌부리에 차였다고 온 동네를
외고 패고 다닌다
지금 디디고 선 땅이 갈라지지 않는다면
가는 길 똑바로 가시게나

침묵

혼자만 침묵 한다고
세상이 침묵하는 것은 아니다
단지 소리 없는 아우성만 그칠 뿐

쓰잘데기 없는 생각의 파편을
탄피 줍듯이 주워 모으다가
내키는 대로 말하기를 그칠 뿐

허공을 쳐다보다가 문득 든 욕심
텅 빈 저 자리에 마천루처럼
차오르는 바벨의 탑 쌓기를 그칠 뿐

기울어진 운동장에서 널뛰기 하던
되돌릴 수 없는 지나간 시간을 즐기며
갑질하는 당연함을 그칠 뿐

침묵의 끝은 그저 내가 아는 모든 분들께
제대로 알지도 못하면서 설쳐서
죄송하다는 말마디로 그칠 뿐

침묵 아닌 침묵에
나 없어도 탈 없이 돌아가는
현실의 뜨악함을 침묵으로 그칠 뿐

마음의 시주

그대 마음을 시주 하십시요
무에 그리 인색 하십니까
그대마음 달라고 매달리지 않습니까
무엇으로 공덕을 쌓으렵니까
서로서로 마음을 시주하십시요

가진 것 없어도 마음은 줄 수 있지
않습니까 모자란다고 생각하여도
어리석다고 느끼는 생각이라도
반딧불이 같이 미미한 마음 이래도
그대 마음을 다정하게 시주하십시요

우리 이렇게 나이 들어 가면서
내 마음 당신께로 시주를 못한다면
살아도 산 것이 아니라 돌이킬 수 없는
허깨비 인생 되리라

회상

시간이 멈춘 듯한 간이역
기적 소리가 환청으로 들리어 오면
아련한 그리움이 되어버린
단발머리 세일러복 통학생 여자아이
하얀 얼굴 생각이 난다

때 이른 코스모스가 실바람에 흔들리며
그림자도 졸고 있는데
녹슬지 않은 추억만 남기고
지금은 어디에 어느 하늘 아래서
무엇하며 살아가고 있을까

오가는 세월의 부침에
덩그러니 남겨져 폐선이 되어
녹슬어가는 레일위로 빗방울이 돋으면
기름기 빠져 으스러지는 침목에
흘러간 옛 노래가 저절로 묻어난다

지금 어디에 있나요

지금 어디에 계십니까
그대를 부르는 소리
들리지 않습니까

애타게 찾는 저 목소리가 들리지 않습니까
어찌하여 애써 외면하십니까

새벽닭 울음소리에
선잠을 깨는 허전한 빈자리에
밤이슬만 흠뻑 젖어드는데

마른 잎 구르는 날이면
긴긴밤 그대가 그리워 눈물을 삼키던
아찔한 기억의 시간들

화려한 수족관의 물고기 마냥
보이는 것만 보고 싶은 그대여
뒷목 잡는 세월의 덫에 빠지기 전에

어디선가 그대를 찾는 목소리가
들리어 오면 더 이상 주춤거리지 말고
큰소리로 응답 해주오

다시금 내 사랑 내 곁에 함께 하시어
사랑에 눈멀고 귀먼 빈손을 붙드사
원망의 날들이 되지 않게 하소서!

겨울

철 지난 바닷가에서

철 지난 바닷가
희붐한 새벽녘에
베이컨을 감싼 듯한
도르르 밀려오는 파도가
철석거리며 세수하다
갯바위에 부딪쳐
하얗게 찰과상을 입고
옥시풀을 바른 듯
쓰린 아픔의 거품을 내뿜고
바람 불어
저 홀로 우는 파도소리에
괜스레 젊은 날의 초상인
옛 추억을 더듬는 불면의 시간 속에
시린 밤의 우울함이 새벽 공기에
희석되어 새로운 기도가 되어
가슴이 탁 트이는
떠오르는 일출을 마주한다

사랑과 계절

계절이 바뀌면
세상의 색깔이 바뀐다

변색-탈색-변질은
무턱대고 나쁘다면서
가을에 물드는 오색단풍은
좋아라, 야단법석이다

단풍도 한때 인데
저 단풍도 지고나면
왕년의 제 모습 자랑하고
으스대며 하루를 보낼까

삶의 단풍이 지던 날
조금은 쓸쓸하고 외롭지마는
아파트 뜨락의 낙엽을 쓸어내며
분주한 하루를 보낸다

사랑과 계절은
다른 듯 같은 말이다
마른 잎 태우며 매캐한 연기 남기고
타고 남은 재 겨우내 갈무리 한다

떡 하는 날

황사에 부황 들린 듯
누렇게 채색된 배가 부른 달밤에
흙시루에 단김이 푹푹 솟구치면
쳐다만 보아도 구수한 냄새
함지박에 퍼 담는다

허기진 세월의 삭신은
마디마디 쑤셔 되는데
찌든 삶에 그리움의 향수 보태어
눈물 훔치는 어머니 손길은
솔방울 가지도 타들어가며
사위어 가는 아궁이
고향의 푸른 산 빛
그리워 우는 귀촉도歸蜀道

흑염소 볼멘 울음소리에
잠 못 드는 봄밤에
살붙이들 정겨운 찰떡의 소망은
그렇게 와자직한 떡메 소리와 함께
가마솥 뚜껑위에 노랗게 지져진다

엽서에 적은 시詩

저무는 한해
12월 저녁 어스름
노을은 붉게만 타오르는데
창밖의 낙엽은 바람에 날리오고
잎을 떨구어 몸을 푼 나목은
바르르 잔가지를 떨고 있다

실속 없이 마음만 바쁜 12월
마무리는 언제나 골 결정력 없는
헛발질 이다
그래도 아쉬움과 미련은 두지 말고
모두 다 용서하며 살고프다

달빛 사랑

와글와글
속 시끄러운 날이면
뜬금없이 보이는
믿거나 말거나
허여멀건 한 민낯을 드러낸
소금에 절은
낮달의 시간은 지나가고
알배기 배추 속 같은 노오란 달
오연히 빛나는 한밤의 향기에
어우러진 별들의 무리가
은하수 총총 건너오며
안부를 묻는 시간에
흐르는 별똥별 사연은 접어두고
창조의 밤에 마음으로
함께하는 기쁨 가득하여라

또한 그리움

빈 하늘 빙빙 돌면서
어리에 갇혀 있는 병아리
노리는 솔개 같은 사람

내 가슴에 더 이상 어찌할 수 없는
흉벽을 남기고 가을에 떠난 사람

문득, 시골길 가다 바라보는
빈 들 자투리땅에는

가을걷이하기 전 황금색 물결의
채색 대비가 못내 아쉬운데

흰 뭉치만 덩그러니 널려 있는 게
떠나보낸 그대 그리움 같다

*

흰 뭉치(곤포 사일리지); 생 볏짚을 압축해서 발효용 미
생물을 넣고 겨우내 소가 먹을 양식으로 포장해 놓은 것

허수아비

가을걷이 끝난 빈들에
할 일 없이 아직도
반짝이 옷을 입고
서성이는 허수아비
배꼽 빠진 늦바람에
실실대는 반짝이
손에든 빈 깡통 달그락 거리며
허기진 참새 쫓는 소리 무람하게
구멍 난 밀짚모자 위에는
고추잠자리 쉼하는
석양이 붉게 물드는데
가진 것이 없어 지킬 것도 없는
허수아비 웃음
허허로운 들녘을 지킨다

아마 나도 그랬을 거야

달그림자도 하얗게 얼어붙은
몸서리 지는 밤
아무런 감정 없이
호올로 낙엽 따라 가버린 님하!

미란에 상한 속마음이사
옅은 미소로 감추오고
아무런 말도 없이
그저 그렇게 떠나신 님하!

치매는 아니어서
세상살이 곱게만 하시다가
떠나셨다고 호상에 춤추는 자식들
해맑은 호곡소리 드높은데

가시는 길모퉁이 돌아서면
아쉬운 마음 한 많은 미련이야
눈앞을 가리지만
바람에 전하는 이별의 마음

제자리걸음 한들
찾아올 사람 없는 쓸쓸한 요양병동
누구하나 붙들고서 서러운 마음
뻐꾸기도 날릴 수도 없는데

바라춤

구천의 허공에 떠돌이 되어
갈 길 몰라 헤매는 영혼아!

마음은 그대로 인데
촉감 없는 유랑의 삶이여!

바라哱囉치는 청정도량
언저리 맴도는 풍경風磬소리에

오롯한 마음으로 올리는 천도재
하늘가는 길 찾았으나

그리움은 단풍에 물들어서
온산을 활활 타오르는데

붉은 가사에 바라를 치며
휘돌아 가는 춤사위 깊어갈 제

이제는 세상의 미련 떨치고
떠나야겠다

죽장면 두마리에서

하늘아래 첫동네 찾아서
골짜기 구비 구비
돌아가는 길에는
단풍을 애걸하는 나뭇잎
바람에 살랑살랑 애교 부리며
반기는 인사 고읍다

본뜨기조차 어려운
자연의 시나위는
사나이의 무딘 마음 풀어헤쳐
잠버릇 같은 깊은 신음소리
무심히 내뱉는다

이웃도 없이 삭아가는
빈집에 들어서자
환청이 들려온다
안개 자욱한 가을길 모퉁이에서
퉁명스런 고부간의 호령과 댓거리
사람 냄새 그립다고

찬바람 불어와
무서리 서리지는 날
저리도 몸서리치며
단풍을 털어내던 마른 나무
빈가지의 애상이 구슬프다

흔들리는 고백

사랑을 만났다
가만히 그 니의 속마음을 훔쳐본다
한잔 또 한잔에 긴장이 허물어진다
안타까움만 가득하다
도무지 정신을 차릴 수 없다
내 마음은 안개 낀 호숫가에
부초처럼 둥둥 떠다닌다
마주잡은 손 촉촉이 젖어 있다
주름진 세월을
역류하는 연어가 된다
푸르른 젊음의 초상이 그립다
어디까지 가야하나
어쭙잖은 방황에 생기가 돈다
차오르는 아쉬움 빈 잔으로 갈음한다
사랑이 또 다시 간다
더 이상 말도 못하고
왔던 길로 되돌아간다
상처로 남아 있는
희미한 옛사랑의 그림자
길게 드리워진
가을바람에 흔들리는 고백이다

남산 전망대에서

함박눈이 펑펑 내리는
남산 전망대에서 바라보는
서울 야경은 하얗게 눈 속에 갇혔다

눈꽃 송이 송이마다
꿀송이 보다 더 달콤한
언약의 자물쇠 주렁주렁 달렸다

마주잡은 두 손은
더 이상 약속의 말을 잃고
허기진 사랑의 송가를 불렀다

지금, 그 사람
어디서 무엇을 하며 살아갈까
추억으로 남은 자물쇠, 녹슬어 가는데

그리움의 때깔

대숲을 서걱이는 바람의 울음소리
파도가 밀려오는 철지난 바닷가

댓잎이 손 모아 소리 내어 외칠 때
못 다한 이야기로 철썩이는 갯바위

청죽의 푸르름은 변함없는 그리움
회한에 백사장에

마디마디 키 자란 세월의 아픔 안고
파도에 쓸려가는 모래성 내 발자국

대숲에 성긴 바람 아침댓바람에 울고
해 저문 바닷가 갯바위는 하얗게 멍든다

파랗게, 하얗게 물든
그들의 그리움 때깔이 고웁다

별 헤는 밤

어스름한
개와 늑대의 시간 지나면
두메산골의 밤은 더욱 깊어간다

총총히 빛나는 별 헤는 밤에
뭇별의 합창이 어우러지고
우윳빛 성운의 은하수가
가는 길 멈추고 홀연히 다가와서
손을 내밀면 더 이상 어찌 할 수 없는
흥분의 도가니 속에서
길 없는 길로 간다

간절히 바라옵는 비나리에
알알이 박혀드는 별똥별 무리가
먹먹한 내 가슴 울리며
눈물방울 방울지게 한다

그 겨울의 이야기

그 겨울의 상처를 아무런 내색 없이
보낼 수만 있다면
겨울이 그렇게 춥고 시리진 않고
얼음 알갱이 가득한 운무 속에
짙은 외로움 숨겨두고서
지독한 한기를 떨칠 수 있었을 텐데!

봄이 오는 길목에 서성이다가
사위는 봄바람에 흔들려서
못난 미련에 속울음 우는 이유로
그 겨울의 상처가 다시 도드라지지 않았더라면!

그 흔하디흔한 이별의 말 한마디
하지 못하고 무심한 듯 뒤돌아서서
가시처럼 목구멍에 걸린 말
토하듯 울컥하며 돌층계를 따라
올라 대웅전 앞마당 허공에다 대고
소리친다! 그대를 사랑한다고!

피다만 서리꽃에 흰 눈이 쌓이는 날
동백의 붉디붉은 피 토하며 떨어지는 사연을
그대 손잡고 엮어 가려는
내 마음은 들장미 곱게 피는 날
사랑 함께 자랑질 하려 했는데

떠나버린 그대 마음에 쓸쓸함이
자리 잡고 내 사랑이 그대
마음의 안식처 되지 못한다는 사실은
한없이 절망하고 그토록 참기 어려웠나 봅니다

그 겨울에 떠나 가버린 그대여
지난날 함께 부른 사랑의 송가를
기억 해주오! 봄맞이에 덧난
내 마음의 상처도 그대 마음에
새살로 거듭나길 바랍니다

밤꽃 이야기

가을밤
스산함에 뒤설레이는
기억의 조각들 모두어
자리매김 해본다

초여름의 하얗고 비린
밤꽃 향기 풍기던 스캔들을
아찔한 한때의 추억으로
품어낸 밤송이들

절로 절로 터지는 소리에
둥지에 든 새들도 깜짝 놀라
푸드득 날갯짓으로
단잠을 깨우는 밤

둔덕의 억새풀이
꽃으로 피는 날은
하얀 눈발처럼 휘날리는
갈바람의 서정이다

동백冬柏

겨우내
숨죽이더니
찬바람에
저 홀로 볼 붉혀
빨갛게 빨갛게
타들어 가다
제풀에 툭 떨어지는
동백섬 동백꽃이여!

달무리 지는 섣달 보름
시린 달빛에 붉게만 붉게만
밤새워 시샘하다
타오르는 열정은 어디로 가고
붉은 꽃잎만 남기고
추레하게 너부러져
해풍에 반짝이는 푸른 잎에
숨어드는 동백이여!

못안골 겨울이야기

혼불같은 시퍼런 북서풍에
버석거리며 산불 타들어 가는 듯한
못안골 밤나무숲 연못에서는
겨우내 쩡쩡 얼음 어는 소리로
야삼경을 알린다

켜켜이 얼어붙어 화석이 되어버린
지난여름은 비릿한 향내 속에
알토란같은 밤송이 쩍쩍 벌어지는
가을바람의 서러운 기억을 담아
영글어 간다

바로 옆 잣나무 가지의 웃자람에
기다란 장대 들고서 잣을 터는
휘청거림은 동네 재주꾼이자
날 다람쥐 전설이 되어 뒤설레이다
홀로 먼 길 떠나간 초동친구의 넋두리 들려오듯이
땀에 흠뻑 젖어 환하게 웃으면서 축 늘어진
베잠방이 추스리는 모습이 어른거려
괜스레 소리 내어 '털석'거린다

골짜기 가득 밤꽃 향기 농익어 가는
깊은 밤이면 산울림을 마다하고
짝 잃은 외기러기 슬피 우는 밤이면

밤꽃이 피고 지는 사연을 듣고자
산마루에 걸려있는 달그림자도
쉬어가는 친구가 된다

선물 같은 별이 빛나는 밤이 오면
시린 달빛에 흔들리는
이름 모를 비목만 즐비한 공동묘지는
산짐승들의 놀이터로 변하고
고향 지킴이 고지기 삼대의 설움이
투닥투닥 질화로에서 군밤이 타들어가고
검댕 묻은 손을 턴다

새로 들어서는 골프장 이야기로
밤을 지새우며 웅성대는 마을 회관 아랫목에는
 어느새 주름진 세월이
갈까 말까 망설이는 속절없는
고스톱이 되어 못안골 겨울이야기를 엮는다

너를 향한 세레나데

나는 매일 너 하나만을 위하여
카나리아가 되어 목이 쉬도록
노래를 불렀고 시를 읊었다

너를 외면하지 않고
너만 바라보는 시간은
어찌 그리 짧은지
온통 아쉬움뿐이었다

시간이 제법 많이 흘렀는데도
내 마음은 키자람 없이
그때 그 마음이다
너를 떠나보낸 뒤
노래하기를 멈추었다

세월의 서릿발 하얗게 내린 날
우연을 가장하여
너를 마주보는 내 마음은
새삼 세월을 잊고 있었다

떨리는 가슴은
혼자서 살아 왔다는
가슴앓이 착각을 한다
착각은 그리움의 항구에

머물지 못하고 떠나가는 배를
하냥 그리워 할 뿐이다

언제나 변치 않는 눈으로
너를 바라보는 나는
편집증에 가까운 집착 때문에
너의 얼굴을 까맣게 잊었다

꿈속에서 너를 다시 만난 날
아무 말도 못하고 떨리는 마음으로
단꿈에서 깨어났다
창밖에는 봄 오는 소리 들린다

간절곶에서

옥죄는 듯 넘실대며 밀려드는
밀물이 어느새 소리 없이 빠져나가
밑 빠진 항아리처럼 휑하니
빈 자취만 남기고 조그만 자갈밭에
연이은 개펄의 숨소리 휘파람으로
들려오는 간절곶 바닷가 오후

저 멀리 우렁쉥이 어장에는
소금물 머금은 여드름 툭툭 도드라지고
속 풀어 헤친 미역의 산발한 듯 한 머리칼은
산후조리원 가마솥에서
해감을 하는 산모용 기장 미역

날밤을 하얗게 새우는 멸치잡이배
동트는 새벽이면 황금빛 그물을 걷고
 만선의 기쁨안고 대변항에 들고
산등성이 서리 내린 모자상에 기대어서
바라다본 동해바다는 말간 해를 내뿜는
일출의 소망으로 붉게만 타오른다

간밤의 시린 가슴속 게워내는
해장술에 어지러운 발자국소리
흔들리는 새해의 소망이 질펀하다
언제나 새해는 새로운 다짐 속에서

차가운 새벽바람이 몸살을 내는
달구지 길커피 향 내음에
속절없이 녹아든다

그리움 반 아쉬움 반
보내고 아쉬워하는 어린 마음,
채워지지 않는 빈 가슴
동살에 불콰한 얼굴, 찌푸리는 눈썰미
어제 같은 오늘이 시작되지만
개념 없는 삶이 아니라고
애써 자위하며 해돋이 무리 속에
하나 되어 뒤설레인다

달은 슬펐다

휑하니 갈바람 부는 날
강물에 이지러진 달은 슬펐다
배부른 달의 소망은
둥글게 둥글게 살자하고
빛바랜 낮달은 설핏 하품하며
어둠을 불러들이는데
빈 잔에 채워지는 수란같이 둥근달
목젖에 걸려 신음하는 밤
차디찬 이별의 말을 남기고
떠나가는 사람아
그대 아니면 살 수가 없는
내 마음도 가져 가려마
달빛에 흔들리는 쓰라린 마음
달 아래 홀로 서 있다

나그네 설움

해거름에
곁불 쪼이며 살아가던
행랑채 비워 달라네

아직도
내 마음의 행로는
길 떠날 채비도 못하였건만
부르심도 심부름 하는 일도 아닌
따뜻한 권고의 말 한마디 없이
다짜고짜 비우라시네

의지 없는 세상에
쓴잔을 삼키고 버림받아
내동댕이쳐
길벗도 없는 길
홀로서기 세상살이에
어디로 가야하나
까맣게 잊고 살던 언약의 말씀이
방황의 뒤안길에 서성이는
내 마음을 후벼 파네

일용할 삶

앰뷸런스 소리 웽웽거리는
어스름한 혼돈에 빠진
침묵의 시간이 지나면
그리움에 닳아버린 문지방을 넘어
한치 앞도 바라볼 수 없는
밤안개 속으로 길을 헤매다가
돌부리에 걸려 넘어지고서야
비로소 어디가 길인지 묻는다

삶과 죽음의 턱걸이가
한없이 외롭게 펼쳐지는
생존의 전장 종합병원
문턱 없는 수술실은
이미 차별의 경계는 무너지고
이 밤이 다 가기 전에
누구든지 조건 없이 일용할 삶을
대출 받는다

임이여 나를 구하소서

한갓진 욕망에 가리워진
비루한 웃음 흘리며
흘겨 뜨는 눈은 차마 감게 하소서

오늘도 그려려니 구렁이 담 넘듯이
좋은게 좋은 하루를 살아가는
입다문 어리석음에 벗어나게 하소서

이도저도 아닌 어정쩡한 눈치 보기로
임을 믿어 용서 받은 자로써
무색무취한 삶을 살지 않게 하소서

왕년이라는
되돌릴 수 없는 지나간 시간의
망령에 얽매이지 않게 하소서

창포물에 씻은 듯 새힘 받아 나선 몸
더 이상 걸림돌에 넘어져서
아파하지 않게 하소서

하오면 은혜로 허락하신
내 영의 눈을 뜨게 하시어
거듭나는 기쁨을 알게 도우소서

참새의 일기

걸림 없는 하늘 길을
제 세상 인양 날아다니지만
보이는 것이 전부가 아니다
참새 지금은 젊다고 하루 종일
이곳저곳 바쁘게 방앗간 다니듯이
쏘다녀도 일용할 양식만
채우면 그만인 것을!

노란 민꽃다지 바람에 너울대는
풀섶의 자리 한 귀퉁이에 숨은 듯이
보이는 가녀린 마른가지 풀잎 속에
솜털 가득하지만 무관심한
일상이 널려있는
참새의 둥지에는 창고가 없다

여우도 굴이 있고 하늘의 새들도
보금자리가 있거늘 (마태8,20)
막상 사람의 아들은 머리 기대어
둘 곳조차 없음을 탄식하는
설움 아닌 서러운 부르심은
일상에의 유혹에서 탈출하여
자유와 해방의 지평으로 이끄신다

시조 · 민조시

삶의 자락

저무는 한해살이
모골이 송연해도

옷깃을 여미어사
추운 줄 알건마는

보고도 시린 마음을
아니보고 어쩌리

가랑잎 한 잎 두 잎
바람에 날리우고

찬 서리 깊어지는
가을밤 처연한 맘

남몰래 무서리 저린 사연
임께 들려 드리네

사는 게 멀미나는
궁색한 날이 오면

생몸살 가슴앓이
누군들 않으리오

그까짓 생의 끝자락
한번 털고 웃자네

비원悲願

사모에 젖은 눈길
옥죄어 드는 사랑

붉게만 타오르는
정염의 불꽃 되어

오동지 섣달 그믐밤
희나리만 남기네

풋정의 서러움에
밤새워 울어 예도

싸락눈 응친 마음
허망한 북풍한설

기둘려 오신다면야
버선발로 나서리

세모시 백동속곳
새긴 정 열두 폭에

수묵의 담채화도
마르지 않았는데

새벽녘 임 떠난 자리
장탄식이 서럽다

인생

솔방울
툭 떨어진
작천정 너럭바위

바람도
안 부는데
저 홀로 떨어지네

언제나
갈 때가 되면
돌아가는 인생길

막힌 듯
다가서니
고운 길 열었으랴

꽃길로
알았는데
가시밭 인생살이

목마른
영혼의 갈증
사랑으로 채우사

무진장
퍼다 써도
마르지 않는 샘물

천년을
살 것처럼
저만을 위하더니

인생사
기도 밖에는
아무것도 못하더라

가을回想

아련한
눈길 속에
흐르는 눈물
덧없는 세월아!
지나간
아픈 사랑
울지 말아요
서러운 사람아!
가을에
떠난 사람
흐릿한 미소
추억속의 그대
한없이
보고 싶은
그리운 사람
안녕 내 사랑아!

낙엽을
태우면서
흘리는 눈물
잊지 못할 사랑 !

술잔에
방울방울
어리는 얼굴
달마저 없는 밤

회상에
멍든 가슴
파랑새 되어
푸르른 내 청춘

가고도
못 오는 건
너 뿐이거늘
냉가슴 앓는다

길 잃은
저 나그네
바람의 아들
방랑길 시벗님

벼리고
아쉬운 맘
떨칠 수 없는
그대 그리움 뿐

옛 가을의 정취

햇보리 푹 삶아서 소쿠리 담아내어
더그매 매달아서 바람에 늘어놓고
어스름 가을빛 먼지 털어내는
마음아

담장에 기대어 선 감홍시 늘어지고
연단의 불구덩이 여름날 견디올 제
무심에 화풀이 하듯 가을하늘
물들여

오가매 바라보는 춤추는 코스모스
길 따라 흘러내린 방만한 마음찌끼
숨어서 고개 내미는 누렁뎅이
호박님

낮달의 시간

하얗게 내민 얼굴
살갑게 마주치며

배부른 낮달의 시간
삭히던 청맹과니

해설피 게으른 자유
무지개 핀 석양길

바람이 전하는 말
잿빛에 물드는 산

초라한 모습으로
발 벗고 나투이신

골고다 십자가 우에서
피눈물을 흘리네

어이타 이 한목숨
제물로 바쳐질 때

미련에 우는 자여
슬픔을 거두어라

겨울 해 핏빛으로 저무는
생과사의 전장터

동백

그리운
마음마다
보고픔 달아올라

겨울에
피는 마음
임께서 아실런지

아서라
붉게만 타는 마음
누가 봐도 아시리

하늘 그리움

누구의 주제련가
누구의 주장인가

맑고도 고운 심성
영롱한 이슬 되어

말없이 울려 퍼지는
깊은 산사 종소리

천상의 울림 속에
하늘이 펼쳐놓은

간밤의 그리움은
목메인 별 헤는 밤

떨림에 잠든 새도 후드득
깨어나는 새벽잠

일출에 솟아오른
동살에 세수한 듯

희붐한 새벽안개
서러움 삭히는 듯

말없이 천의무봉 단속곳
치켜세워 여민다

간절곶

가을비
내리는 밤
간절곶 찾아들 제

파도가
차오르는
흰 거품 바위 절벽

화등잔
등대의 불빛
길라잡는 저 배들

간절한
마음 담아
손편지 부치올 제

바람이
전하는 말
파도에 실려 와서

커다란
소망 우체통
바다내음 채우네

저 푸른
동해바다
해맞이 바라올 제

한반도
으뜸 일출
자랑은 다 못해도

말갛게
얼굴 내미는
해 오라비 씻김 굿

석남재 기행

겨울 해 쉬어가는
가지산 청정도량

오동지 섣달그믐
목탁소리 염불삼매

새벽종 울려 퍼지면
사하촌의 잠투정

석남재 소금길을
동살에 넘는 님하

괴춤에 젖은 수건
땀 흘린 삶의 무게

억새는 가는 길 아쉽다고
하얀 손을 흔드네

석남사 절마당에
야삼경 울어 예는

접동새 서러움에
비구니 타는 가슴

도솔천 얼어붙는 밤이면
임그리워 하노라

가을에 부치는 편지

속마음 숨기오고 우연히 마주친 듯
사모함 가꾸어서 곱게 핀 풋사랑을
그 모습 그대로 임께 써 보내는
손편지

먼발치 찾아오는 임 모습 뵈올 적에
평상심 흔들리는 가을에 부는 바람
표현도 다 못하는데 울렁증만
앞서네

이 밤은 누구라도 그대가 되어주오
가을을 반찬삼아 추억을 곱씹어도
떠나간 임의 마음은 되돌릴 수
없어라

바람이려오

갈바람
불어오니
마음은 싱숭생숭

길가에
코스모스
한사코 고개 젓고

빠알간
고추잠자리
쉴 곳 몰라 하더라

길 없는
길을 찾아
글 쓰는 내 마음은

여기가
어디메오
불러도 대답 없는

웃자란
가을 숲길을
길을 내며 걷는다

미련에
눈물바람
여지껏 불어오고

바람에
전하는 말
소식도 없는데도

오실 님
기다리는 맘
가을하늘 닮았네

비 온다

창밖에
비 내리면
울적한 마음자리

청상에
낙심하여
피골만 상접한데

외로움
스며드는 밤
까닭 없는 울음만

뒤웅박
팔자라는
한 많은 신세타령

개가로
고쳐볼까
옛 정취 떠올리며

조석간
오롯한 마음
생수 놓고 비오리

해질녘
부는 바람
소소한 인연의 끈

훤칠한
외관이사
꿈인 듯 생시건만

하오나
산송장인걸
이년인생 박복타!

달맞이 고개

어둠을 사려 물고 내뱉는 한마디가
청천에 벼락같은 이별의 통고일줄
뉘라서 타는 속마음 알아줄 이 있을까

거친 손 쓰다듬니 볼우물 깊게 패여
그 사랑 빠져들어 헤매는 날이어도
한줄기 오롯한 마음 임 오시길 바라네

십오야 둥근달에 함께 핀 달맞이 꽃
가을밤 언덕길로 임마중 나갈 제에
숨어든 달맞이 고개 말이 없는 사랑아!

깨달음

산사의 풍경소리 드높은 가을날에
공양미 불리어서 절밥을 지어놓고
모여라 배고픈 중생 허기지는
세월아

흰소리 주절주절 염불도 다 못한 날
생가슴 활활 타는 매캐한 연기 속에
찰나의 인연에서도 법그릇을
거량하네

술시에 목마른 날 불전함 깨뜨려서
무애의 술래방아 하염없이 돌리고
목불을 잘게 쪼개어 가을 선방
덮히네

한밤의 죽비소리 도투락 들려올 제
화두를 바라보는 내 마음 하나라면
기억에 죽어 사라진데도 윤회만은
그치리

오리, 물위를 걷다

해 뜨는 강가 풀섶
조그만 모래밭에
아기오리 엄마 따라
어설픈 걸음마 한다

무시로 차오르는
반짝반짝 금빛물결
간절히 바라오니
하늘바라기 새해소망

엄마오리 자맥질
물끄러미 바라보다
오리,
드디어 물위를 걷는다

그리움

그리움
가득 담아
택배로 부치오면

푸른 섬
제주바다
보고픈 우리 님하

샛바람
풍랑주의보
오도 가도 못하네

벌레 먹은 장미

그토록 아름다운 네 모습 그렸더니
어쩌다 벌레 먹은 장미꽃 되어버려
이리도 아픈 가슴은 이슬조차 저리네

소나무

1
푸른 솔
아름아름
청춘의 기백인데

한아름
묻어나는
옹골찬 송진옹이

설한에
푸른 나무는
너뿐인가 하노라

2
바람도
쉬어가고
구름도 쉬어가는

산 정상
굽은 솔은
길 떠난 동무생각

기둘려
산 바라기 된
허리 꺽인 산지기

3
고향의
소나무는
말라서 죽어가고

길 떠난
친구들은
소식도 없건마는

언제나
그리운 고향
다시 한번 찾으리

4
누렇게
말라 죽는
소나무 AIDS

잘라서
헤어보는
나이테 숫자세기

반백년
훌쩍 넘어서
깜놀하는 갑장들

그리워 못한 말

청산에
녹수 되니
유수가 절로 절로

청풍에
명월이야
갈 하늘 달무리 질제

전생에
못 다한 말을
차생에서 할거나

옥봉산

옥봉산
자드락길
함께 걷는 길
앞서니 뒤선다

단풍에
뺏긴 마음
아쉬운 가을
그리움 찾아서

그리움
젖어가는
비 내리는 밤
낙엽만 쌓이네

만추晚秋

들마루 형광불빛
희미한 깜박임에

덜커덕 내려앉는
고향집 엄니소식

만추에 간다하여도
손사래만 치시네

봄 나들이

연분홍 봄바람이 입술을 내밀던 날
영산홍 달아올라 얼굴을 붉혔구나
오롯한 꽃들의 향연 벌 나비 길라잡네

개나리

개나리 곱게 피는 저 언덕 노루막이
오늘도 혼술 혼밥 외로운 마음자리
어쩌다 뒤틀린 세월 다시금 살고지고!

썸 타는 날들

꽃인 듯
꽃 아닌 듯
어여쁜 풀꽃 사랑

썸 타는
날들 묶어
한 두릅 꿰어보니

꽃인데
꽃 아니라고
하여가何如歌가 웬말고!

송년일기

어차피 떠난 마음
그리움 남기실 제

미련을 두오리만
집착은 병이되고

아쉬움 달랠 길 없어
외면하며 보낸다

평창 가는 길

하얗게
젖은 눈꽃
바람에 피어나듯

산 너머
고개 너머
설원에 핀 기다림

오색등
불을 밝혀 평창 가는 길
바닷길도 열린다

웃픈 사랑

보고파
보고픈 맘
만날 수 있을런지

나직이
전해온 말
설레는 마음인데

옹이진
상처투성이
선뜻하게 말 못해

기억도
아쉬운 밤
왜 그리 쌀쌀한지

별말도
안했는데
토라져 가버린 님

자존심
버려가면서
한번만 더 보자고

들리는
애먼 소리
가진 것 없다는 말

비루한
청춘의 삶
성실의 버팀목이

이토록
아픈 손가락
될 줄은 진정 몰랐네

모퉁이의 돌

강마을 하안둔덕 뒹구는 모퉁이 돌
저 홀로 몸서리에 서리진 하얀 돌탑
몽롱한 나 같은 죄인 허가심이 야속타!

죽은 시인의 사회

바닷가 언덕위에
샛바람 파도소리

시인은 간 곳 없고
詩碑시비만 덩그러니

돌무지 쌓이는 뜻을
시벗님들 아는지

미련

후회로
우는 마음
되새겨 더듬어도

지나간
세월 따라
흘러간 강물이라

별 하나
새로 뜬다고
밤하늘이 바뀌나

별밤지기

그린내
애틋한 정
그리운 별밤지기

은하수
별들의 강
오작교 언저리에

타버린
유성의 향기
낙엽으로 쌓이네

나를 찾아서

잃어버린 나를 찾아서
서정의 밤바다를 서성인다

철썩이는 파도소리 들으며
그날 어쩔 수 없는 선택 앞에서
망연자실 얼굴을 가리던
머물 수 없던 그 시절 아픔

하얗게 부서지는
포말로 남은 기억들이
그대 그리움 앞에서
한없이 부끄러워진다

별빛이 쏟아진다
내 푸른 청춘은 별똥별이 되었다
지금 나는
여기에 그대로 있는데

벌초

벌초 가는 날
지난여름 쏟아진 폭우에
듬성듬성 뗏장이 벗겨지고
황토가 흘러내려 황망함에
가슴 철렁하다

살아생전에도
가슴에 수많은 못을 박으며
어버이 사랑 아니면
용서 받기 힘든 불효자 이었건만

차마 부끄러워
참회의 말씀도 드리지 못했는데
웃자란 풀들이 아쉬운 바람에
일렁거린다

낫 들어 가슴에 난 한줌의 풀들
베어내면서 가만히 속삭인다
잠 못 이루게 한 밤들은
이제는 잊으시고 영면 하소서
아버지 어머니 사랑합니다

사랑

내 사랑 내 벗이여
당신 눈에 그리움의 눈물 보고서야
별이 반짝이는 것을 알았습니다
가을바람에 나직이 흔들리는
작은 풀꽃을 보고서야
부끄러움이 무엇인지를 알았습니다

그대여 사랑을 아옵신다면
부푼 가슴은 임의 뜨락에
뛰노는 사슴처럼 울렁거리고
목마른 사슴이 시냇물을 찾아가듯
달고도 진한 향 내음
나의 임 오는 길 피우오리니

그 얼굴 그 목소리 마주하는 날은
포도송이 꿀 송이 보다 진한
임의 말씀 뼛속까지 사무치오니
감사의 기도가 흘러넘치는 강에
이 한 몸 적셔 볼거나

주화입마走火入魔

고요한
명상 중에
색마가 드니
하릴없는 마음

젓가락
장단 맞춘
애정 행각에
단풍이 드는 날

춤바람
난장판에
무너진 사랑
난봉길 나서네

사람이 그립다

사람이
그리운 날
참사람 찾아
문학 기행 하다

뜨락에
국화향기
몸에 배인 날
하나 된 우리들

육전에
막걸리로
회포 풀던 밤
심술부린 저 달

엊그제
만나면서
서로가 좋아
흠뻑 빠진 마음

무도회
끝난 뒤에
가면 벗고서
진심을 토한다

서로의
생각들이
가는 길 달라
틀림 아닌 다름

사랑꽃
오해되어
외면 한다고
꽃은 지지 않아

바다는
이 골짜기
저 골짝 물도
어울리는 자리

금정산

으악새
노래하는
금정 산자락
자드락길에서

철 잊은
철쭉꽃은
새로 피는 봄
잊혀진 계절아

하얀 꽃
부대끼며
울어 예는 밤
흰 눈이 나리네

가는 세월

긴 얼굴
냉소해도
자가웃 양반
부처님 닮은 꼴

멍 하니
텅 빈 세상
소독약 냄새
나 홀로 아리랑

인생의
여울목에
추로秋露가 오면
복사뼈는 시린다

*

자가웃: 한자 반 길이(45센치)

출사표

#1
추석을 보내는 일
전장의 한마당이라
마치도 적을 만나
대치해 마주선 양
웃음기 흘리면서도
탐색하기 바쁘네

#2
내 부모 내형제들
만나는 기쁨에도
어색한 불편함도
송편 빚어 버무리고
만나자 이별시간 통보해
부모가슴 못박네

#3
차례를 지내면서
길 핑계 하더니만
아침상 물리면서
떠나갈 채비하자
황망한 생가슴들이
외면하며 나서네

#4
간다고 나선길이
우리 집 가족여행
내 자식 귀한 줄은
혼자만의 착각인데
보내고 눈물짓는 어머니
추석명절 야속타

#5
단풍에 붉어지는
후회의 뼈아픔에
가다 곧 눈물짓고
먼 하늘 바라볼 제
이렇게 살아가려고
그 힘든 길 돌아왔나

해우소

내속의 근심걱정
가만히 눌러 참고

오가며 곁눈질로
다시금 둘러보니

복통도 병 인양 하여
가슴앓이 안도하네

단상 #1

푸르른
오월의 하늘 저 너머

울고 웃는 우리 님하
가슴 벅차게
울려 퍼지는 노래

회한의 눈물
더욱 서럽다

단상 #2

한갓진
초여름 오후
고즈넉한 산사의 그늘막

시원한 바람 불어
흔들리는 풍경소리
드맑게 울려 퍼지고

초록에 물든 나비
꿈에서 깨어나듯
놀란 모습 고웁다

단상 #3

보기에 따라 다르지만
포충망에 갇혀버린
고단한 일상이
초저녁 해 어스름에
기지개를 켜고
그리움 찾아 나서는 길은
한 잔술에 날개를 단 듯
석양빛에 더욱 불콰하다
어둠은 슬슬 밀려오는데

단상 #4 산

산 너머 저 언덕에
안개비 내리는 날

어깨띠 두른 듯한
숨 가쁜 나날 속에

살포시 내딛는 발길
흰 구름과 먹구름

단상 #5

써레질한 무논에
미꾸라지 한 마리

입에 문 백로가
좋아라 날갯짓 하는 날

모판에 물 마르기전에
비가 와야 할 텐데
애타는 농심

단상 #6

혼자 가는 길
외로움이 묻어난다

더 이상 혼자가 아니라는 것을
깨닫기만 한다면

앞 그림자도
뒷그림자도 쓸쓸하지 않을텐데

사랑은 숨어버린 그림자
찾기인데 보이질 않네

단상 #7

삭발한 스님의
오롯한 탁발이 그리운 날

허여멀건 한 낮달이
지난 밤 아픈 손가락이
못 다한 말 한마디 전하려고
대낮부터 길을 나선다
어둔 밤이 오기 전에

단상 #8

먼 길을 돌아 온
흘러간 사십년
헛되고 헛되다

흐린 기억의 강물은
지금도 흐르는데

빈 배 저어 강을 건넜다
이제사, 시를 써본다

단상 #9

혼자라는 게 너무 싫어
눈에 콩깍지 씌인 날

타닥타닥 모닥불 피워놓고
꺼지지 않는 사랑의 불 인양
착각의 늪에 빠져
허우적거리다

찾아온 이별 앞에서
생떼를 쓴다

밤새워 타오르던 모닥불은
희나리 만 남기고
식어버린 기다림은
미련스레 날밤을 새운다

풀꽃

- 저   자 : 원재 김지호
- 발행일 : 2018년 8월
- 편   집 : 정항석 김순희

- 발행처 : Jb제이비
  전주시 덕진구 서가재미1길 18-5
  Tel. (063)902-6886 M.010-7166-9428

- 공급처 : 생각너머 책글터
  Tel. 031) 8071-1181 Fax. 031)8071-1185

  ISBN 979-11-963822-1-6